·名家名篇·

时光知味　岁月留香

朱丽 著

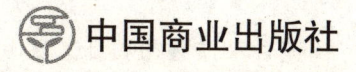

中国商业出版社

图书在版编目（CIP）数据

时光知味　岁月留香 / 朱丽著. -- 北京：中国商业出版社，2019.6
ISBN 978-7-5208-0752-4

Ⅰ. ①时… Ⅱ. ①朱… Ⅲ. ①散文集—中国—当代 Ⅳ. ① I267

中国版本图书馆 CIP 数据核字（2019）第 086490 号

责任编辑：常　松

中国商业出版社出版发行
010-63180647　www.c-cbook.com
（100053 北京广安门内报国寺 1 号）
新华书店经销
北京天恒嘉业印刷有限公司印刷
*
710 毫米 ×1000 毫米　16 开　14 印张　220 千字
2019 年 8 月第 1 版　2019 年 8 月第 1 次印刷
定价：58.00 元
* * *
（如有印装质量问题可更换）

真情系故土　文笔荡春风
——读《时光知味　岁月留香》有感

叶建民

　　河南省鹿邑县是豫东大平原上一颗璀璨的明珠，这是一个古老而又神奇的地方，是中原一带最古老的县城之一，也是中华文明的摇篮。在商朝，这里是小诸侯国厉（赖）国的都城（城址在今太清宫一带），至今已有四千余年历史。商朝是中国人类发展史的关键阶段，鹿邑在这个时期就是个诸侯国的都城，成为一个重要的政治、经济、文化中心。

　　鹿邑是一个文化底蕴深厚的地方。春秋时期这里诞生了伟大的思想家、哲学家、道家学派创始人老子。鹿邑也是天下道家、道教、老学、李姓十分向往和景仰的地方。鹿邑因老子而出名，中国文化因《道德经》令全球文化界高山仰止。老子被列为世界古代史上影响最为深远的十位哲学家之首，也被称为"世界哲学之父"，《纽约时报》把老子列为世界古今十大作家之首。《道德经》是中国历史上第一个由个人独立创造的思想体系，影响了诸子百家的学说。他的清静无为的学说、一物两项的转变率的辩证理论、深邃的天人之际的哲理，两千多年来一直影响着中国人的思想和行为。我作为一名鹿邑人，从知道老子那天起，就为自己生在这块热土上感到骄傲和自豪。

　　我十八岁参军入伍离开家乡，至今已有四十二个年头。在外几十年里，我始终没有间断过回家，这几年外请课逐渐增多，并开始向河南方向拓展，所以回家的次数也就多了起来。每次回家总要接触一些亲人、发小、同学、战友、邻居，但接触较多、能谈得来的、有共同语言的还是鹿邑文化艺术界的朋友们。

我从小喜欢文艺，上小学的时候就被选到了学校宣传队，从中学到高中一直都是宣传队的主力队员。担任过独唱，表演过活报剧、对口词、三句半、快板、相声、短剧等文艺节目。但到部队真正成为特长的、促进成长进步的、在工作上用得上的却是写作。能写东西在部队就算得上是人才了。

当兵第二年，我在河南《奔流》杂志上发表了一篇四千多字的短篇小说《最后一个标号》。当时我很激动，曾经有当作家的念头，现在想起来有点幼稚可笑。后来因部队文化活动需要，创作了不少文艺节目，在《解放军文艺》《军营文化天地》《战友报》等刊物上发表了不少，获全国、全军、军区级等奖项四十多次。2017年1月，河北人民出版社出版了我的长篇小说《夺城》（四十五万字）。这部书以鹿邑为背景，描写的是1941年鹿邑人民在中国共产党的领导下与新四军并肩作战英勇抗日的谍战故事。家乡的领导和有关部门给予了大力支持和帮助。河南省电视有限传媒公司、河南电视台中原影视城、鹿邑县委宣传部、鹿邑县文学艺术界联合会、鹿邑县明道宫景区管委会等单位联合组织，在明道宫召开了《夺城》出版新闻发布会，也就是在这个场合我认识了作家朱丽。

鹿邑是一个人杰地灵的地方，由于受老子和陈抟两位文化巨人的影响，尤其是受老子文化得天独厚的滋养，这里不断涌现出文人墨客，形成了带有鹿邑地域文化特色的优良传统。像陈廷一、朱秀海等几位著名作家，在国内外都享有盛誉。在鹿邑，像陈大明、于建军、侯钦民、周西华等几位作家，有的是我的学长，有的是我的同学，有的是我的朋友，每次回家我们都会择机见面，开怀畅谈。在近年崛起的周口作家群中，鹿邑人有一席之地，一批中青年作家脱颖而出，朱丽就是其中的佼佼者。

从当今年龄上划分，朱丽应是青年作家。但从发表作品的数量和质量上看，她已经有了不俗的成绩。其多篇（首）作品被国家级、省市级等报纸、杂志刊登，具备了中年作家的成熟与沉稳。朱丽是河南省作协会员、鹿邑作协副主席，现担任《老子文学》责任编辑，《老子文学》被全国内刊协会评为金奖。我曾在《老子文学》头版发表过《老子故里我家乡》（五千多字）的纪实文学，颇感荣幸。

说实话，我不是专业作家，也没有加入过作协，只是河北省戏剧家协会和曲艺家协会会员。但我曾被原解放军艺术学院文学系聘为客座教授，在军艺文学系讲过军事电视片的创作，在我们学院和部队讲过文学欣赏和歌词创作，也算与写作沾边。这几天我在微信上把朱丽发来的书稿看了两遍，有些故事和情节引人入胜，感人至深，唤起了我对家乡的回忆，也激起了落笔的热情。归纳起来，朱丽这部著作给了我三点感受：

一、写自己最熟悉的不但容易讨巧，而且最容易打动人

《时光知味 岁月留香》这本书，凝聚了朱丽近年来的心血，有散文、人物特写、游记、杂文、诗歌等不同文体。作者以唯美的笔法叙事、抒情、说理，让人在愉悦的心情下感悟一些道理。书中第一章《风过香满盏》写了几个人物故事，如《婆婆的年》《忆姑父》《潜藏的家风》《叔父的信》《父母来家里的日子》《饺子的回忆》《饮食记》《母爱温暖的岁月》《祝福表哥》等。从字面上就能看出来，朱丽写的都是自己最熟悉的亲人和与亲人相处时所发生的故事，笔下的主人公都是她身边的人，很多事都是她亲身经历过的，所以故事叙述得生动感人，人物描写得栩栩如生，跃然纸上。

最近一位年轻士兵找到我，想讨教写作的方法，我给他讲了三点：一是宜近不宜远；二是宜土不宜洋；三是宜实不宜虚。他让我解释一下，我说，宜近不宜远，就是要写身边人、身边事，写自己最熟悉的。要写离自己近的，不要写离自己远的。这就像学画画一样，必须先从素描开始。1979年打完仗之后，我想写点东西，当时不知从哪下手。正巧武汉军区创作室一位姓李的干事到我们团搜集素材，准备写一篇报告文学。我斗胆到招待所向他求教，他对我说，写东西不要好高骛远，一定要写自己最熟悉的、感受最深的。只有先感动自己，才能去感动别人。受李干事的启发，我发表了短篇小说《最后一个标号》。就是因为我写的是自己打仗的故事，小说中主人公的原型就是我的班长袁敏烈士，所以《奔流》杂志的编辑一下就看上了这部作品。杜编辑对我说，小说虽然是虚构的，但必须是在真实的生活中提炼出来的，只有这样才真实可信，具有一定的审美价值。宜土不宜洋，就是初学乍练不要贪大求洋，写的东西要带土腥味、冒热气，讲的是老百姓的话，说的是老百姓的事，不要文绉绉的，要接地气，宜实不宜虚。写东西不能道听途说，必须深入生活，只有深入生活最底层，才能看透现象背后真实的东西，抓住事物的本质，一针见血，对症下药。走马观花，浮光掠影，虚头巴脑没人相信，更不会打动人。

人最熟悉的莫过于自己的亲人。我们与他们朝夕相处，他们的一举一动，一颦一笑所表达出的感情，不需要用语言去解释，我们就能真真切切地体味出来。如"婆婆的手很巧，做的枣花，像灼灼开放的花朵再配上红色玛瑙，生灵鲜活。有的瓣瓣对称，有的层层叠叠，有的托着长长尾巴似的叶。做的枣山，节节紧凑，花开弥漫，形状秀美也不失山的挺拔。还有小兔子、小燕子、小刺猬、小猪、小羊等，惟妙惟肖，儿子爱不释手，拿着也不舍得吃下"。在这篇《婆婆的年》故事里，表现婆婆手巧，作者用做枣花这个细节来形象地描述，可谓活灵活现，让人感到十分温馨。如果没有与婆婆在一起生活的经历和对生活的细心观察，是绝对写不出来这样精彩的片段。生活是创作的源泉，这句话永远不会过时。离开生活，写作就成了无本之木、无源之水。在作者的笔下，祖父、母亲、父亲、婆婆、叔父、舅舅、姑父、妗子、表哥、表姐等诸多亲戚，都是她细致刻画的对象，这些鲜活的形象如浮雕一样出现在读者的眼前，显得是那么地亲切、那么地可敬、那么地可亲、那么地可爱，看后不禁让我想起自己的亲人。写到这里，我的眼睛有点湿润。

二、写生活最常见的不但细节逼真，而且最容易感动人

生活是斑斓多姿的，在常人看来那些不经意间的琐碎事，在有心人眼里就是文学作品中有血有肉的细节。如《父母来家里的日子》中有这样一个细节："父亲除了一天几趟接送儿子之外，还辅导儿子写作业，总是给我腾出时间让我多休息，说我牙齿、耳朵都不好。当儿子拼音声调拼不好的时候，不怎么懂电脑的父亲却学会了从网上查找读音，让儿子听，只是不愿意打扰到我那一点儿时间。不会拼音的父亲却教得儿子拼音考试考了一百分，真的让人难以相信。"这个故事似乎有点玄乎，但生动的细节描写却又让人感到是那么地真实。外公辅导外孙写作业，按理说是难以胜任的，这不光是年龄和文化上的差异。现在有些小学的作业，成人也不见得能回答上来。作者的父亲为了给外孙纠正拼音，煞费苦心、想方设法，竟学会了从网上查找读音，外孙在外公的辅导下，拼音考试考了一百分。这个细节非常生动，也十分感人。作者通过一件小事把外公对外孙的爱和期望充分表现了出来。这种隔代爱的情怀和锲而不舍的精神，不但感动了作者，也感动了读者。有时一个生动的细节往往能唤起心灵深处的回忆。比如《饺子的回忆》一文中前面有这样一段："我早早剁好馅儿，擀了薄薄的饺子皮儿，一个一个用

两个手指从两边捏起来，后边就有两个撮，放在饺子盘里，就'直挺挺'地'坐'在那里，特别好看。看着这满盘'士兵'似的威武的整装待发的饺子，我会心地笑了。一个记忆随着这个笑声的蔓延，浮上心头。"作者通过描写把饺子放在饺子盘里"直挺挺"地"坐"在那里的细节，唤起对往事的回忆，抒发对舅舅一家人的怀念与赞美，给人留下深刻印象。

三、写感情最细腻的不但凸显悠长，而且最容易教育人

女作家最大的优势在于细腻。叙述故事细腻、抒发感情细腻、描写细节细腻。如《父母来家里的日子》一文中，有这样一段细腻的描写："父母身体不舒服时，从不告诉我，他们总是趁我不在时去医院，当我得知这些的时候，我对着父母大声呵斥：'你们怕我担心，真正有事的时候，再担心还有什么用。'母亲动了动嘴却什么也没说，只是泪水打湿了那张父亲的检查单，上面写着：脑血管痉挛、轻度堵塞，高血压。我的脑海里立即又浮起两个老人一起走进医院，却无人陪伴的孤单身影。一种负罪感奔涌而来，心底的泪在肆无忌惮地流淌。"看到这段描写，我的鼻子有点发酸，这让我想起了自己的父母，他们和作者描写的情况极为相似。老人在孩子面前大都报喜不报忧，无论是身体上的疾病，还是心灵上的痛苦，宁愿自己偷偷瞒着、忍着、扛着，也不轻易告诉儿女。"母亲动了动嘴却什么也没说，只是泪水打湿了那张父亲的检查单"，这个细节描写达到了此处无声胜有声的效果，极具震撼力，让人感触良深。同时也教育我们必须尽孝道，关爱自己的父母。

作者文章中的细腻，来自对生活的细心观察和体验，有时只有亲身体会才得到真切的感受。就像演员一样，要扮演好一个角色，必须体验生活，亲身感受角色所处的时代环境，才能了解人物的思想感情，没有亲身的感受，就没有准确的角色定位。如《难忘儿时元宵夜》一文中，描写元宵节打灯笼这一段就非常真实细腻。尤其是"如果遇到挑着那种下边是木板，用竹条扎的，上面糊着红色纸的，我已记不清叫什么名字的'灯笼'，他就非要给你碰灯笼，我就赶忙跑开，因为一碰，自己的灯笼就会被烧掉，识时务者为俊杰，跑为上策。还有的小伙伴，蜡烛点完了，没回去换，或是蜡烛倒了，就把灯笼给烧掉了，我们就会取笑他，他只有空手回家，妈妈也不会发脾气。就这样，每天晚上都挑着它，直到过了元宵节"。这一段正是我小时候经历过的，尤其是"碰灯笼"这个细节，只有在那个

时代生活过的人才能够写出这样的故事,"碰灯笼"让我想起了自己的童年,勾起了儿时的回忆,读到这里我有点忍俊不禁。

朱丽不但文章写得好,而且对写作技巧还有一定的见地,这是一般作家所不具备的。《生活的诗章》一文,是作者参加"现代诗歌创作欣赏交流会"的发言。作者从四个方面谈了对诗歌创作的体会,字里行间能看出作者的文字功底和对诗歌创作的独到见解,使人深受启发。

朱丽的杂文写得也很好。作者对爱情、快乐、幸福、痛苦等人生七情六欲的理解发人深思,蕴含哲理,充满正能量,富有感染力和说服力。同时也有一定的教育意义,给人以启迪和激励,有一种蓬勃向上的力量,真是难能可贵。

读朱丽的文章,有一种春风拂面的感觉,沁人心扉,不压抑、不沮丧、不小资、不油腻。文章里的故事和人物很容易引起我的共鸣,把我的思绪带回了故乡,唤起我对家乡的美好回忆,这是一种美的享受。

文学的道路任重道远,谁也不敢说把文章写到了尽头,每一位笔耕不辍的耕耘者只能永远在路上。我认为,写作不应是一种负担,而应是一种快乐。但写作又不是记流水账,不是事无巨细、鸡零狗碎,什么都写,要有所选择,有所提炼,有所创新。鹿邑是一座巨大的文化宝藏,取之不尽用之不竭。老子文化博大精深,历经两千多年历久弥新。进入新时代,《道德经》更是熠熠闪光。作为老子传人,我们应薪火相传,让老子文化不断发扬光大,为鹿邑人民造福。这个历史使命,应责无旁贷地落在鹿邑文学家、艺术家的肩上,因为宣传是弘扬和传播老子文化最好的载体和最有效的手段。我祝愿朱丽女士的文章越写越多、越写越好、越写越新。同时也希望有更多的读者喜欢朱丽的作品,就像喜欢老子文化一样,不忍放下,无法割舍,愿与同行。

2018 年 7 月 16 日于石家庄

(作者系中国人民解放军陆军步兵学院副军级教授、军旅作家、军事文化专家、剧作家、诗人,中国华夏文化交流会副会长)

第一章　风过香满盏

婆婆的年 …………………………………………………………… 002

忆姑父 ……………………………………………………………… 005

潜藏的家风 ………………………………………………………… 007

叔父的信 …………………………………………………………… 009

温暖的红裙子 ……………………………………………………… 011

父母来家里的日子 ………………………………………………… 013

饺子的回忆 ………………………………………………………… 015

耳病 ………………………………………………………………… 017

饭食记 ……………………………………………………………… 019

母爱温暖的岁月 …………………………………………………… 021

难忘儿时元宵夜 …………………………………………………… 023

诗意童年　诗情飞扬 ……………………………………………… 025

假想 ………………………………………………………………… 028

广场舞情缘 …………………………………………………… 030

祝福表哥 ……………………………………………………… 032

你在，我的世界春暖花开 …………………………………… 035

第二章　心灵深处，总有一个远方

写意周庄 ……………………………………………………… 038

烟雨旧梦西湖情 ……………………………………………… 040

情韵幽幽古秦淮 ……………………………………………… 042

古街之行与思 ………………………………………………… 044

曲径探幽青龙峡 ……………………………………………… 046

烟波浩渺东钱湖 ……………………………………………… 048

牡丹国色 ……………………………………………………… 050

旅途中的感动 ………………………………………………… 052

寻梦凤凰古城 ………………………………………………… 054

感悟建业文化——建业鄢陵一行所感所悟 ………………… 056

第三章　在这片故土低吟浅唱

千古圣地太清宫 ……………………………………………… 060

道教圣地明道宫 ……………………………………………… 063

千年白果树 …………………………………………………… 066

栾台遗址 ……………………………………………………… 068

虞姬墓抒怀 …………………………………………………… 070

陈园情思 ……………………………………………………… 072

上清湖，我家乡的湖 …………………………………………… 074

根亲园记 ………………………………………………………… 077

叙情风景河 ……………………………………………………… 079

一场醉心的相逢 ………………………………………………… 081

心中植荷幽然香 ………………………………………………… 083

永远追逐的道德之光 …………………………………………… 085

《道德经》——我们的心灵原乡 ……………………………… 087

第四章　爱情是甜蜜的疯长

生命中的过往 …………………………………………………… 090

一笺笔墨　一纸流年 …………………………………………… 092

一个人的风雨兼程 ……………………………………………… 093

有一种爱，途经岁月 …………………………………………… 095

你是岁月里的美　你是人生一场醉 …………………………… 096

你就是我的岁岁年年 …………………………………………… 097

恋雪　舞霓裳 …………………………………………………… 098

回眸间　一世牵念 ……………………………………………… 099

落花时节又逢君 ………………………………………………… 100

一朵尘花盼芳华 ………………………………………………… 101

不负春意不负君 ………………………………………………… 102

我愿一生享受你的灿烂 ………………………………………… 103

爱不老　情不荒 ………………………………………………… 104

岁月里，那抹依心的暖 ………………………………………… 106

美丽心情　安暖新年 …………………………………………… 107

相知无言 ··· 108

第五章　此刻不知为何

白雪却嫌春色晚 ······································· 116

秋之吟咏 ··· 118

我和朱丽叶 ··· 121

漫步人生 ··· 123

心灵物语 ··· 125

与桃花的约 ··· 127

夏日晨曦醉诗韵 ······································· 129

茶之心叙 ··· 131

音乐，那年的梦 ······································· 132

女儿的正能量 ··· 134

爱，走进七月 ··· 136

女人的等待 ··· 138

心念之花盛开——我的教师职业理想 ····················· 141

第六章　有一种感悟是求索

爱你所爱，无问西东 ··································· 144

生活的诗章——现代诗歌创作欣赏交流会 ················· 147

孩子，高考不是全部 ··································· 150

爱是一种境界 ··· 153

流淌于心的红旗渠精神 ································· 156

随心杂感——浅谈李教 ················· 157

冬天到了，春天还会远吗? ·············· 160

爱情进行时 ·························· 162

无须完美 ···························· 164

快乐的源泉 ·························· 166

咀嚼痛苦 ···························· 168

家长会发言 ·························· 170

城市精神和城市宣传语征集材料 ·········· 173

第七章　美丽的梦像美丽的诗一样

你曾说 ······························ 176

把你放在春天里 ······················ 178

你从我的心里走过 ···················· 180

有一天，我老了 ······················ 182

随风飞扬的梦想 ······················ 185

鹿邑赞 ······························ 187

雪花的深情 ·························· 188

在相忆　再相聚——鹿邑县文联2018第一届文学沙龙活动有感 ········ 190

留香 ································ 192

三行情诗 ···························· 193

郁金香 ······························ 195

定格 ································ 196

坐垫 ································ 198

生命的誓言 ·························· 199

你的身影……………………………………………………… 201

热血铸忠诚　铁警保平安……………………………… 204

寄恩师………………………………………………………… 206

文和心（后记）……………………………………………… 207

第一章 风过香满盏

婆婆的年

我喜欢过年，从贫苦年代企盼新年的好年饭，到如今只是向往那个熟悉的年，这一点从没有因为岁月易逝的怅惘而改变。从我进入婆家门，年的味道有一种说不出的转变，从最初的不习惯，到成为我生命中的一部分，坦然、欣悦地过着属于我的年。

我知道，在我的年里，因为有婆婆的辛苦张罗，才有全家的喜气祥和。婆婆的年，才是我们全家的依托。

婆婆是一个说话敞亮、走路有力、性格急躁的人。她身材高大，足以高出公公一头，很胖，体格强壮，因此家里的重活她从不让公公插手，儿女们不在家，也只有她一个人干。婆婆守着院落不停忙前忙后的身影，在我的心里定格。

进入腊月，婆婆比以往更忙了。她早早就去街上置办年货，提前准备好，她心里就踏实多了，万一有所遗漏，还有时间想起，这就是她的性格，用她的话说："赶早不赶晚。"买了超出日常食用的油、面、肉类、豆类、水果、蔬菜、饮品、零食类之后，她也从不忘给孙子、孙女买个玩具、买件新衣，给十几岁的干女儿买朵花或者发夹。处处周到，唯独很少想起自己，衣服都是儿女们偷偷地买，买来只有穿，也无法去退，不然就会发挥她那暴怒、强硬的脾气，训斥一番。这个时候你会真切地感受到她是真的不舍得让儿女们花钱。

有人说"媳妇随婆婆"，这一点我是不怎么赞同的，婆婆肩能扛手能提，是出了名的有本事，什么事情都要亲力亲为。年货买齐全了，婆婆就一样一样精心制作、筹备，就连馒头也是自己蒸。婆婆用一个大的盆子和面，然后再一点点地揉搓成馒头，上锅、出锅，这本身就是一种体力活，也没有人打下手。一天下来，累得筋疲力尽，换作我，一定会晕了去。婆婆的手很巧，做的枣花，像灼灼开放的花朵再配上红色玛瑙，生灵鲜活。有的瓣瓣对称，有的层层叠叠，有的托着长长尾巴似的叶。做的枣山，节节紧凑，花开弥漫，形状秀美也不失山的挺拔。还有小兔子、小燕子、小刺猬、小猪、小羊等，惟妙惟肖，儿子爱不释手，拿着也不舍得吃下。只是近两年婆婆身体不大好，才去街上买了来。

　　油炸东西也是中国年传统食品的一部分，过去贫苦的时候，炸绿豆丸、炸麻叶、炸面团，都是最好的吃食。如今炸鸡、鱼、肉类，挂上面粉或者淀粉，用油炸一下，做成蒸碗招待客人。还要把一些做菜前需要油炸的东西提前炸好，这一项足足让婆婆忙活几天。家里亲戚客人多，有二十多家，好多我都不认识。走来走去，也挺麻烦的，我们提议不在过年走动，闲时再往来，遭到他们的拒绝，公公重人情，只是苦了婆婆。婆婆把炸好的东西放在一个用藤条编织成的大筐子里，足足放了一整筐，我想别人看到是会惊奇的。婆婆做好这些总会一屁股坐到凳子上，长舒一口气，说一声："你们去吃吧。"在她的表情里，你看到的更多的不是劳累，而是欣慰。

　　除了做这些吃的，婆婆还有很多事要做。这个年对于婆婆来说就是一个费心、费神、费力的年，可她一直这样高兴地忙着，好像闲下来就会不舒服一样。

　　婆婆要给八十多岁的婆姥姥、婆姥爷筹备年货，换来崭新的压岁钱，让他们发给他们的孙子、孙女、重孙子、重孙女们。我们是从不接受他们的压岁钱的。婆婆还要带婆姥姥去赶年集，让她看看新鲜，婆姥姥是她的命，婆婆说过，如果婆姥姥死了，她也不活了。婆姥姥有喝点酒的习惯，一次酒后摔伤，婆婆天天陪在婆姥姥身边，谁也叫不走，从她伤心的眼神里，看到的是永远不能分割的母女亲情，我当时是掉了泪的。

　　我婆姑姑也是婆婆最放心不下的人，婆姑父去世早，一个人在公公婆婆的资助下，把几个儿女拉扯大，晚年儿女们都不在身边，一个人孤苦伶仃，很可怜。婆婆常说："你们只有一个姑姑，你爸只有姊妹两个，我们不对她好谁对她好。"在年前，婆婆总会去给婆姑姑送一些钱，送些吃的、用的。婆姑姑也总会满含热泪地感激着这个明事理、重情义的弟媳妇，家里忙不过来的时候，她也总能第一个赶到。

年三十到了,我们也都到家了,婆婆早早起来剁馅、和面、包饺子,我们也都擀皮的擀皮,包饺子的包饺子,婆婆很是开心,仿佛一个腊月的忙碌都是为了这一天。儿子和侄子拿着炮放了起来,女儿和侄女捂着耳朵跑来跑去,婆婆笑得合不拢嘴,还念叨着:"这几个孩子真是调皮。"开饭了,婆婆又端起她那个黄色的、有点掉瓷的小盆子,里边都是她热了好多次的饭,这个小盆子永远不会空,因为每顿剩下的饭婆婆都会放在里面,等下顿热了吃,一顿一顿,循环往复,小盆子有时会越来越满。我们劝婆婆倒掉它,别吃了,婆婆怎么都不肯,仍然吃着这样的饭过年。

一年一年,婆婆就是这样忙碌地过着她的年,还有很多像婆婆一样的劳动妇女,她们又何尝不是过着这样的年?她们或许说不清楚自己要的是什么,没有思考过生命意味着什么。也不知道还有别的更新鲜的过年方式,但她们知道全家人一起过年的团圆和温暖是多么重要。

也许,就是这一个个忙碌的母亲的身影,一双双向你眺望的母亲的眼睛,牵动着你的思乡情,世世代代,永永远远……

忆姑父

想起幼年，便想起远在濮阳的姑姑家，那里曾是我很喜欢、很喜欢的地方。那里有姑姑慈爱的笑容；三个表哥怪怪的、却极热情的声调；更有异常严肃的姑父，我却从不畏惧的面容。

姑父很喜欢我，常在家人面前夸赞我，说我不爱说话，但很聪明、机灵，也很懂事。只要看到他拿起烟，我就会赶忙找到打火机，帮他点烟，每当此时，就可看到姑父难得一见的笑容，我也因此并不怕他。

我有三个表哥，姑父分别起名为"旗""舰""军"，因为姑父曾是军人，对表哥的管教自是十分严厉，有点"军阀统治"的味道。有一次，最小的军表哥，吃饭的碗里还剩下些许米粒，姑父大发雷霆，让他把碗舔干净，不剩一粒米，军表哥只有乖乖听从。因为一粒粮食在姑父的记忆里是多么珍贵，失之可惜啊！表哥们也都一直遵循父亲的教导，并不因此而厌恶、记恨父亲。

姑父从小便是孤儿，生活的艰辛可以想象，也常听爷爷奶奶讲："你姑父不容易。"但姑父并不把自己的辛酸说与谁听，只是用真诚的心善待每一个人，以弥补自己遗失的亲情。姑父和姑姑结婚之后，更是把我们全家人当作自己生命里最亲近、最重要的人。因为姑父转业之后，被分配在胜利油田工作，自是有些薪水的，姑姑也被政府安排了一份工作，日子便也过得去。在家里姑姑是老大，为了减轻家庭负担，姑姑上到初一，就放弃了自己喜欢的学业。姑父就尽其所能帮助爷爷奶奶抚养二姑姑、爸爸和叔叔。每日都从牙缝里挤出来一些钱，寄到家里，还会买一些必需品，甚至家人生病时用的药也一并寄来。因为姑父的帮助，二姑姑、爸爸和叔叔才能在那样家家孩子辍学挣工分的贫苦年代，得以上学。提起姑父，全家人都充满感激之情。

姑父家有三个儿子，姑姑与姑父商量把我要到家里当女儿，姑父很是高兴，他也正想有我这样一个喜欢的女儿，其实姑父当然知道多一个孩子就会多好多事，但是为了减轻爸爸妈妈的负担，他想都不想，就答应了。孩子的想法很单纯，我告诉姑父说，"小英说找我玩的""后天就开学了，如果不到班里，老师会不会吵啊"，姑父明白了，安排姑姑给我买了好多吃的、用的、玩的东西，让我和爸爸一起回家了，只是回到家里，却时时想起姑父的疼爱。

或许是军人出身的缘故，姑父常教导我们家的孩子要懂礼节、懂规矩，更要我们设身处地地为他人着想。有一次，全家人一起吃饭，二姑姑用筷子在盘子里挑来挑去，姑父说："你下去捞吧，你这样别人还能吃吗？怎样给孩子树立榜样。"一下把二姑姑说哭了，全家人都在劝二姑姑的时候，姑父还坐在那里生着闷气。姑父说的话虽然难听，却给我们上了生动的一课，尊重他人，换位思考从小事做起。

姑父的一生，都在油田工作，他是技术骨干，先在胜利油田，后因中原油田选拔人才，姑父就服从上级分配，到了中原油田。他把一生交于油田，当作自己的使命一样来完成，毕生的信念或许来自伟大的祖国给了孤儿的他一个美好的明天，在他心里，这份恩情，只有用对工作的极端热忱，对社会的无私奉献，才能报答。在单位里，他经常帮助一些生活中有困难的工人，提起姑父，别人无不赞扬。他也把这种善良的本性、优秀的品德传给了三个表哥，使他们也成了生活中值得人们尊重的人。

如今，姑父离开我们已经四年了，脆弱的姑姑好像失去了所有，每次打电话回来，都是以泪洗面、泣不成声，爸、妈、叔、婶需要几度安慰才能勉强话语成句。姑姑对姑父有的岂止是夫妻之情，更饱含着一生诉不完的恩情。

姑父永远地离开了我们，但我们家人在一起的时候，总会有意无意地提到他，他的好，我们永远不会忘！

潜藏的家风

家风，是一个人做人、立世所遵循的准则；是一个家庭或者家族传承下来的道德风尚。好的家风，利于真、善、美的传承和发扬，对促进家庭、社会的和谐起重要推动作用。

我生于普通百姓家庭，贫苦年代，祖父从来只为衣食所需打算，关于祖上，从未听他提起过。祖父是地地道道的农民，他说不出深入浅出、令人心折的大道理，但回想起来，那些深刻的让人一生去体悟的道理，却是他无形中所给予我们的。这些道理也让父辈和我辈一直持有善良的本性、优秀的品格、无私的心怀，我想这就是潜藏在生活角落里的家风吧！

祖父不善言辞，却真诚待人，是远近闻名的好人、老实人。听父亲说，祖父见不得别人有困难，能帮便帮，在祖父的耳濡目染下，父亲姊弟四人都形成了乐善好施的性格，帮扶贫困成了他们必须做的事。

祖父虽没多少文化，心里却装着国家。父亲高中毕业后，祖父让父亲去当兵，父亲不乐意去，一则怕在部队里吃苦，二则当时又有好几个单位听闻父亲很有才华，想让父亲去就职。祖父就一阵训斥说："都不当兵，谁去保护国家？你不去当兵就不是男子汉。"父亲无言以对，只好顺从祖父当了兵。虽然父亲因此错失了去国家单位工作的机会，但父亲身上从部队得来的军人的优秀品质伴随他一生，成为他人生中最宝贵的财富。

祖父还非常重视文化教育，无论生活再拮据，都会让父亲姊弟四人上学，只为儿女们都成为有文化、有涵养、有善心、懂孝道的人，这也是祖父对子女寄予的希望。因为祖父严格的家风，对于这点，父亲他们丝毫没有辜负祖父的厚望。

百善孝为先，父亲姊弟四人无一不孝，当祖父母年纪偏大走路不方便时，父亲和叔父总是背起他们走，人群中，他们迈着稳健的步伐，和老人亲密地说着话，一步一步往前走去，总会引来众人的目光，有人还议论着"看人家孩子多孝顺"。两个姑姑，离得那么远，还时常回来，给祖父母洗脚、剪指甲、洗衣、打扫房间，大姑姑知道祖母喜欢吃她做的菜，只要回来就一直钻在厨房里不出来，为祖母做吃的。这些我们都看在眼里，躬身先行的榜样力量胜过千言万语，他们孝敬老人的美德也在感染着我们，让我们也成了有孝心、懂孝道、重孝行的人。

父亲在生活中，总把别人的利益放在第一位，从不计较自己的得失。为了让一位转业军人有事做，他不惜自己承担高额利息为他贷款买车；为了让妇女们可以有些收入贴补家用，他冒着当时市场不太好的风险和朋友一起办个制药厂；为了让贫病困苦的乡邻不至于衣食无着，父亲总是不遗余力地帮助他们。父亲常对我们说："人一定要多为别人着想，活着才有意义。"这句话，我记在了心里，从不曾忘记，让如今的我，从不会自私地生活，利益摆在眼前时，总会拱手相让，留给那些或许还没有我需要的人。

这些都是潜藏在我生活角落里的家风，当然还有很多，它们都在我生命的音符里不停地跳动着，影响、激励着我成为一个值得别人称赞的"不错的人"。如果归纳起来，我的家风主要为三字"忠""孝""善"。

祖父良好的家风，使得父辈们成为非常优秀的人，而父辈们把这些优秀的品质又传给了我们，我们也会传给我们的儿女。我的家族将会秉着"忠""孝""善"的家风，代代传承下去，多为后人谋福，实现一个家族真正的社会价值和意义！

叔父的信

或许，每个人都有一个自己的抽屉，里面盛放着奉为至宝的东西及弥足珍贵的记忆。在我的抽屉里，有一封因年深月久已发黄了的信笺，那便是一封叔父的信。

小时候，总会听奶奶讲："你一定要好好学习，像你叔父一样刻苦，学习好了，才有出息。"一直以来，叔父就是我心中的榜样，给了我无尽的力量。

在我的记忆里，有"明星范"的叔父，不善言谈、不苟言笑。但他会把家里不多的吃的、用的东西分给乡亲们；会用自己微薄的薪水帮助无力上学的孩子；会不遗余力地资助有各方面困难的人们，以至于叔父每次回家，总有好多人前来，满含泪水，与叔父话感激之情。

叔父待我自是甚好，常嘱我好好学习，夸我不张扬的性格，赞我爱坚持的精神。每当我把自己写的作文拿给叔父看的时候，他总会眉开眼笑，拍着我的头说："丽，写得好，好，继续努力啊！"当我收到报社寄来的样报时，才知道叔父帮我投了稿，让我对自己有个肯定，鼓励我继续努力。

有了叔父的榜样力量和叔父方方面面诸多的鼓励，我以全乡镇第二名的成绩考入师范学校。因叔父在教育系统工作，他早早查到了我的分数，立即打电话给爸爸，叔父希望把这份喜悦快快分享给家人，同时也看到叔父无可言喻的喜悦之情。也总算没有辜负叔父的厚望，我进入了教师的摇篮——师范学校，开始了人类灵魂工程师的基础教育学习。

叔父常去学校看我，时不时地塞我些生活费，怕我吃不好。他当然不会忘记，教导我更加努力。他告诉我说："必须有广博的知识，才能不愧于教师这个职业，你的知识广度和深度决定着学生的前途和命运。"叔父的话让我深感肩上责任的重大，于是，我不敢轻视课本中每一个字，不容错过老师说的每一句话，我就这样努力着，不为最好，只为更好。

临近毕业，班里一位同学去周口教委（现为周口市教育局）办事，见到叔父，叔父代他转我一封信。

打开信来，叔父的字体苍劲有力，笔法犹如行云流水，自然挥洒。信的开头写道："丽，学习三载，临近毕业，即将踏入社会去实现人生的理想，这对你、对家庭、对社会无疑都是值得庆幸之事。"刚刚读到这里，我仿佛看到叔父温和的面容，他正站在我面前语重心长地教导着我，无比亲切，无比温暖，泪水濡湿了眼眶，打湿了信纸。信中叔父还说："丽，农村教育有待发展，你要服从分配，从基层做起，脚踏实地，为教育做贡献。"叔父就是这样，以国家利益为重，不计个人得失。我理解叔父，心里丝毫不生气，更多的则是对叔父无上的敬重之情。

合上叔父的信，我的心无法平静，叔父的教导一直在我脑海里回荡，我告诉自己："我听话，我坚强，我努力，我更要无私。"于是毕业后，我分到了基层，由于年龄小，对知识的渴求又深，叔父为了让我更有能力和实力投身于教育事业，又让我去学习，继续深造。叔父的细心关怀，让我深感亲情的伟大，人一出生就有了血脉，血脉就联结了亲情，浓浓的亲情诉不尽人间爱的温暖和力量。但在叔父身上让我感到更多的是一种博爱情怀，一种无私奉献社会的崇高精神境界。

这么多年，叔父的信我一直细心珍藏，每当工作中身感劳累，心生委屈，生活中万般沮丧、茫然失望时，我都会打开它，让疲惫、无奈、惆怅在叔父的字里行间流走，只剩下工作的热情和生活的勇气。

叔父，是您指引了我人生的航向；是您教会了我做人、做事的道理；是您给予了我无私奉献、甘为人梯的力量。谢谢您，叔父，不，不是一句感谢就能表达我对您恩情的没齿难忘，沿着真诚、善良、无私、博爱的轨迹前行，或许就是我对您最好的报答！

温暖的红裙子

儿时的记忆里，爸爸总是为了不同的事情东奔西跑，而我最喜欢的便是坐在门口的石礅上，望着爸爸回来的方向，因为爸爸手里拿着的东西，总让我惊喜不已。

像以往一样，我又坐在那块被磨得黑中透亮、光滑可鉴的石礅上，等待着爸爸的归来。几近黄昏，爸爸迈着急快的步伐，踏着夕阳的余晖，满面笑容地扯着早已迎上去的我。"爸爸，给我买什么了？"我急急地问。爸爸说："到家里再看。"我抢过爸爸的包，一溜烟似的跑到家里打开来，竟是一条红色背带裙，裙摆是百褶的，金线刺绣的花朵正灼灼开放，配上一件雪白的衬衫，好看极了。我赶忙穿上，在院子里跑来跑去。跳跃的马尾辫、飞舞的衣裙、灿烂的笑容应和着爸爸妈妈的笑声，好不快乐啊！

或许是小女孩的"通病"——爱"臭美"，漂亮的裙子，让我每天总那么乐呵呵、美滋滋的。妈妈也总能附和我的心情，每天总会把容易弄脏的白衬衣，干干净净地拿在我面前，又在我的头发上配了一个红色发卡，晶莹透亮的月亮、星星在上面闪闪发光，配着红色裙子，煞是好看。在那个家家户户都不富裕的年代，爸爸妈妈总会用节省下的钱，把我打扮得漂漂亮亮，只为给我一个美丽的童年，让我的童年在今天的回忆里依然美丽。

每每穿着这件漂亮的裙子来到学校，总能惹来同学们赞赏、羡慕的眼光，红裙也因此成为学校里一道亮丽的风景。还记得一个同学向我借裙子试穿的经过，连发卡也一并借过。我的数学老师拿着我一百分的试卷，笑容满面地抚摸着我的头说："真是一个聪明的孩子，连衣服也穿得这么好看。"我脸颊通红，羞羞地笑着。心里暗暗欢喜老师说的话，尤其是后面那句"衣服好看"。语文老师也总让我站起来朗读课文，当喊到我的名字时，我拘谨地站起，整整衣裙，用手指把长长的头发抚弄到耳朵后边，慢慢拿起课本，用稚嫩且富有感情的语气，朗读着每一句，班里很静，老师的眼神充满赞许，充满温情，对着全班同学说："读得太好了，同学们应该向她学习。"下课了，我高兴地飞舞起来，红裙飘飘，像一朵美丽的花朵，盛开在教室门前。

小孩子爱串门，或许是天性，尤其是穿上漂亮的裙子，只要一睁开眼，便不见人影儿，多半是找邻居家的孩子去玩。那时没有现在商场里琳琅满目、各式各样好看又好玩的玩具，偏偏邻居家又生得两个男孩子，我就只有跟着他们玩用纸折的"正方形、四边相扣"俗称"宝"的东西。玩法是，像现在孩子玩的卡，在地上摔，如果能把对方的摔翻过来就可以据为己有。我总是输给别人，他们再帮我赢回来，也足足攒了小伙伴家里两大缸"宝"。自制的玩具，简单的玩法，一样开心无比。更让我记忆犹新的是，每次去邻居奶奶家，还有喊我"小姑"的素萍家，她们总会把家里最好吃的东西拿给我吃，像榆钱饼、懒柿子（自家树上结的，那时也是好东西）、现在仍觉得好吃的玉米花（爆米花），还有她们也不舍得吃的方便面（刚上市的），还会摸着我的裙子说："这姑娘穿得多洋气，还干净，哪像乡里的孩子。"旁边的爷爷就会说："学习还好呢！"甭提我心里那个高兴劲儿了，叫爷爷奶奶的小嘴儿更甜了。

爸爸出门时，也经常会带上我，因为妈妈要看年幼的妹妹，顾不上看我。大人们见到我，总要每人夸耀一番，才能进入正题，临走时，还硬要带我去她们家玩，才算罢了。

这件红裙子，给我的童年镀上了美丽的颜色，也让我在那个贫苦的年代，收获了满满的快乐，但留在我记忆深处最多的，却是那一份一直感动我的温暖。如今的我，买了好多自己喜欢的衣服，每当在柜底寻找衣服时，总会想起那件红裙子，还有爸爸妈妈慈祥的脸庞、老师赞许的目光、乡亲们温暖的笑容……

父母来家里的日子

笨手笨脚的我素来做不好一顿可口饭菜，曾一度怀疑自己是否没有"烹饪细胞"。女儿还好，儿子被我养得面黄肌瘦，又加上工作原因，总不能好好照料儿子，无奈，只有请爸妈帮忙"养活"这"饥却择食"的儿子。

父母年龄都已近七十，身体倒还好。他们心疼外孙，也心疼我胃不好，又不会照顾自己，刚接到我的电话，就急忙从乡下赶来。如果不是想帮我，他们是怎么也不肯来城里的，母亲只说："咱家什么都方便，比城里强。"我知道他们不想给我们增加负担。

父母刚到，顾不上休息，就开始各个房间忙活起来。母亲在厨房的瓶瓶罐罐间挪动，把我顾不上放进调料盒的调料整理好；把容易腐烂变质的食物放冰箱里，长久没用的东西从冰箱里清除掉；甚至把天然气管道旁边我容易放的东西都迁移走。父亲把没有挂的字画挂上；旧了的门边修好；鞋柜里的鞋子归整好。看到他们动作已不再灵便，步履也已蹒跚的身影，我顿时鼻子一酸，我的泪在他们苍苍的白发间流淌，唉！我的心父母何时能操完啊！

俗话说"锅上锅下日百里，一日三餐最累人"。母亲每天早上不到五点就起床了，先给女儿做饭，把煮的粥放在那儿"冷着"，女儿一起来就可以喝了，六点前赶去学校。然后是我和儿子，母亲也顾不上吃点，就看着儿子一口一口吃下去，才放心。我去上班，父亲送儿子回来之后，他们再吃饭。老公赶时间，有时去单位吃，但母亲总会给他带点自己做的包子或者茶叶蛋之类的早点。就这样，三餐时间不统一、不固定，母亲一天要做六、七次饭。赶上儿子挑拣饭食的时候，做的次数更多。我劝母亲饭一下做，吃的时候稍微凉点没事，可母亲却说："我又没事，吃凉的不好。"

父亲除了一天几趟接送儿子之外，还辅导儿子写作业，总是给我腾出时间让我多休息，说我牙齿、耳朵都不好。当儿子拼音声调拼不好的时候，不怎么懂电脑的父亲却学会了从网上查找读音，让儿子听，只是不愿意打扰到我那一点儿时间。不会拼音的父亲却教得儿子拼音考试考了一百分，真的让人难以相信。

一家人吃饭的开销是很大的，我拿出一点儿钱来，让母亲买菜用，可她怎么都不收，说："我和你爸暂时还能买得起菜，你们也紧张，等我们没钱了再管你们要。"听到母亲如此说，我没有理由再拒绝父母这份细微、厚重的爱，已经三十几岁的我默默地接受着年老父母的生活帮助，几张钞票在我手里颤抖着，无法停止，一如那静静流淌的泪水，我赶忙背过脸去，只说："妈，我睡一会儿。"

母亲一生勤劳，这也是邻里公认的，从不闲着。我劝她没事的时候出去逛逛，她不愿意去，总说这没做，那没做。父亲有时会打个麻将什么的，但我让他去玩，他却说："老了，看不清也记不住了。"我有时晚上会抽点时间陪他们看会儿电视，看得出他们很开心，但还老是怕耽误我什么事，所以总也看不大会儿。

我本不是邋遢之人，但心不在焉时却会做一些邋遢的事。换的衣服忘了洗；刷牙时挤不出牙膏来；晚上回家电费卡没充值断了电……父母来家里的日子，这一切都没发生过，因为父母在打理着一切，生怕对我们有一点点影响。

生活中，我们的辛酸会毫无保留地说与父母听，因为来自父母的爱和安慰足以愈合所有的创伤，我们才有勇气扬帆起航。但父母再大的事也不愿给儿女说，不希望儿女为他们担心，不希望给儿女带来负担。父母身体不舒服时，从不告诉我，他们总是趁我不在时去医院，当我得知这些的时候，我对着父母大声呵斥："你们怕我担心，真正有事的时候，再担心还有什么用。"母亲动了动嘴却什么也没说，只是泪水打湿了那张父亲的检查单，上面写着：脑血管痉挛，轻度堵塞，高血压。我的脑海里立即又浮起两个老人一起走进医院，却无人陪伴的孤单身影。一种负罪感奔涌而来，心底的泪在肆无忌惮地流淌。我，我为父母做了什么？还如此大吼小叫，丝毫不体谅父母，不顾及父母的感受，今生做了他们的儿女，会是他们人生的遗憾、岁月的疤印。对不起，最爱我的人，我在心里一遍遍念起，混着泪水，凝结成了穿心而过的刺，扎得我好疼。

这个世界上，我们可以不欠任何人的，但一定是欠父母的。幼年时，父母是我们的天，至高无上；成年时，父母是我们的伞，为我们遮风挡雨。我们给予父母的爱与父母给予我们的爱相比，是多么渺小、微弱。我们是否应该在父母渐渐老去的时光里，报答他们的深厚恩情呢？即便这份爱永远不是等量的。

饺子的回忆

我喜欢每一个带有符号的日子，因为在这平常的三百六十五个日子里，这些日子是鲜亮的、惹眼的又是意蕴丰富、撩动心灵的。

腊月的来临，让我心潮起伏，新年，新年快要到了。喝一碗盛满吉祥的腊八粥，赶一场热闹非凡的盛会，过一个糖瓜祭灶、祈福求顺的小年，年三十在迫不及待中到来了，最美除夕就在眼前。按我们的习俗，中午就要包饺子了。

饺子是我们春节不可少的食品，包饺子的同时，包进祝福，包进吉祥，包进祈望，因此我总是那么喜欢包饺子。

我早早剁好馅儿，擀了薄薄的饺子皮儿，一个一个用两个手指从两边捏起来，后边就有两个撮，放在饺子盘里。饺子就"直挺挺"地"坐"在那里，特别好看。看着这满盘"士兵"似的威武的整装待发的饺子，我会心地笑了。一个记忆随着这个笑声的蔓延，浮上心头。

我小的时候，每到暑假，妈妈会送我去舅舅家住着，一来，舅舅想帮妈妈减轻些照顾孩子的负担；二来，舅舅一家都特别喜欢我。舅舅脾气不好是出了名的，笑容对他来说最奢侈，但见到我，不会笑的脸庞，也会笑得很自然。妗子很是热情，见了我就会嘘寒问暖，还会让我喊爸爸的小名，每当我喊过之后，她就会满脸堆笑地拿好吃的东西给我；两个表哥，大我十几岁，都生得高高帅帅，总是取笑我说："看你头发下面带个弯钩，长大了也嫁不出去。"我总会噘好一阵儿嘴；大我四岁的表姐，天天领着我玩，上菜地里摘还没有熟的西红柿、豆荚……晚上捉苍虫，还能跑到几里路外的同学家闹腾。在舅舅家的生活快乐无比，一个多月的暑假，总会转眼而过，让我恋恋不舍。包饺子就是在这种快乐的氛围里学会的，那一幕场景至今让我念念不忘。

一天，舅舅从街上拎着一兜肉和一兜菜回来了，看见我笑容满面地说："小丫头，咱们今天吃饺子好不好？"我说："好。"妗子开始洗菜、剁肉、整好馅儿，又擀好皮儿，全家都来帮妗子包饺子，我也来凑热闹。我洗干净手让妗子看看，妗子说："好，好。"我又搬个小板凳坐在那儿，拿起一张皮儿，用筷子放进馅儿，试试，包不住，馅儿太多了，又拨掉一点儿，一只手捏着，放在"拍子"上（把高粱穗的细杆，用麻线串制而成），包好几个，乍一看，我包的饺子馅儿都是似露非露的，更特别的是都"躺"在那儿。我很是惊异，就问："为什么你们包的饺子都'坐着'，我包的饺子都'躺着'呢？"全家人都哈哈大笑，表姐捂着肚子笑出了眼泪，我依然满脸诧异。舅舅还没有笑完就说："来，我教你。"我认真地看着舅舅熟练地用两个手指从两边捏起来，后面就有两个撮，奇怪的是饺子竟然都"坐着"。我慢慢学着舅舅的样子，果真让"熟睡"的饺子坐了起来，恢复了生机，虽然下锅之后，还能看出是我包的饺子，但我依然得到了满满的赞扬，收获了生命里最真切、最温暖的笑容。

如今，妗子身体很好，二表哥、表姐都家庭幸福，事业成功，人生路上顺风顺水。只有忠厚善良的大表哥，二十六岁就当了派出所所长，因为工作能力强、百姓口碑好，一直晋升，却因为工作在如日中天、蓬勃发展的中年时期被革职。这也给舅舅带来巨大的心灵创伤，无法接受的事实让舅舅的悲伤难以排解，终日郁闷又加上年龄渐长，自是病倒了，一病便不轻。

前段日子，和妈妈一起看望舅舅，年轻时一直被人称作貌若"罗成"的舅舅，瘦得已不成样子，深陷的眼睛无力无神，仿佛已占据了半张脸，嘴巴努力地想说话，张了几下，却没有发出声来。妗子扶着舅舅坐起，他却慢慢伸出手来，握住我的手，看到舅舅的眼睛里分明有泪，我无法控制情绪，却在本就悲伤的气氛里哭了起来，我的哭声就像导火索，引得亲人们全都伤心落泪。妗子安慰我说："别哭了，人老了，就这样。"可对于舅舅，我却接受不了自然的生老病死，因为内心总是希望舅舅一直好。

马上就要过年了，在千家万户鞭炮齐鸣、喜迎新年的时候，舅舅，你现在怎么样？你可好？

耳 病

一个人生了病，就比如一棵树正枝繁叶茂地迎着烈日，抗着疾风，突然叶黄了、枝弱了、没有了生气。柳宗元《咏三良》诗云："疾病命固乱。"明代吕坤语曰："多病无完身，久病无完气。"足以可见疾病对人的影响。

最近身体毛病多，一个一个接踵而至，害得我快成了医院的"常客"了。一时见我捧着头跑去了，一时又见我弱弱软软、慢吞吞地去了。刚补好一颗牙，勾牙洞的探针好似还在牙洞里，痛苦难耐，耳朵又突然间"闷"得像处在隔音世界里，又要赶往医院。

一大早起来，带着足够的钱（怕有大问题）和一颗紧张的心见了医生，医生一句："注意休息，没问题。"让我轻松地到家。我一向谨听医生嘱托，毫不懈怠，耳朵也"听话"地好了，儿女们故意抬高八度的说话声也没有了，一切正常。

一个简单的面部护理，美容师按摩面部后的润滑手指轻轻外拉耳洞的动作，又把我带到莺啼鸟鸣宛若天边的辽远世界里，烦闷、郁闷、苦闷，怎么办？只能寻医问药。鲁迅《药》里的老栓，花大价钱买人血馒头给儿子吃，结果仍然无济于事，多么愚昧啊！如今，不会再有人相信人血馒头可治"肺痨"，不会生病去寻如此偏方而不寻医，当然，我是不会的，只是想到这不争气的耳朵，心里很是忐忑。

刚走出家门，一朋友喊我，硬是没听到，不知是没注意，还是声音低，但跳到我脑子里的想法就只有这耳病。走着走着，就走到门口诊所里——此时就可看到医生那里。医生告诉我说："你耳朵有炎症，输水吧。"我顾不上想太多，感觉就像一条鱼掉到沟辄里，沟辄里如果有水也可暂解危急。躺在诊所的病床上，仰望着天花板，等待着一滴一滴的药水流进血液，然后想着耳边就传来清澈如溪流般汩汩的声音，每一个声音都是我耳边甜蜜的吻，但这等待换来的仍然是"木讷"的耳朵，"梦幻般"的世界，我更加沮丧了。

虽然心里想着这句"病来如山倒，病去如抽丝"，但还是又一次走进了医院。听医生安排，照 X 光，做听力测试，结果是左耳内有堵塞的杂质，需浸泡三天，取出来就可痊愈。我拿着碳酸氢钠注射液和细针管，还有包含强的松的药回家，把一切抛掷一边，只做此事，小心谨慎地把注射液滴进耳朵，还毫不考虑地服下可以让人变胖的强的松。只有在疾病侵袭的时候，一切才显得那么不重要，这是人的"属性"。

三天之后，医生真的还给了我一个清清亮亮、新奇美妙的世界。我拿出镜子在医院门口偷偷擦着眼泪，生怕被人看到取笑。心情日志里这么写道："耳朵好了。这些天的隔音世界怪怪的、酸酸的，一种莫名的失落和挫败感，一切都那么不喜欢。终是好了，耳边从没有过的清朗，一切声音温润和婉，让人欢欣、喜悦。"此时的心情是应该记录的，可以让日后的我忆起什么是"失而复得"。

过了几天，禁不住水上漂流的诱惑，和同事们一起带孩子去玩。急流险滩时浪花飞溅、惊心动魄，平缓地方群起打水仗，笑声四起，我们玩得很嗨，很开心。但整个过程基本浸泡在水里，我们的艇没有战斗力，基本成了别人攻击的对象，总是捂着头求饶，落得鼻眼全是水，耳朵也自是难逃。神奇的"墨菲定律"告诉我们——怕什么来什么。上了岸之后，我完全成了"聋子"一样的人，一连串的自责之词像芒刺般直入我心，随之是不知会如何的担忧、茫然。

到家天色已晚。我用棉棒一次次擦拭耳朵里流出的水，觉得擦出来或许会好些，可总也擦不完，直至细看棉棒上是黄色脓一样的液体时，才感觉耳朵疼得已无法侧身躺卧，一种恐惧感油然而生。想到治疗会怎样痛苦，想到或许从此再也听不到声音，一夜无眠。早晨托着沉重的头，到医院里第一句话是："医生，这耳朵还怎么治啊？"当照了 CT 之后，明确显示中耳炎。我拿着药走过大街，有音乐响起，偶尔漫过耳际，没有了以往的嘈杂，舒缓好多，但我并无兴趣。

我不知道是这耳病可怕，还是恐惧耳病的病更可怕？未放的花蕾，只看到浓浓的黑夜，它就开不出花朵，仰望了星月的光辉，才让它绽放出黑夜里的美丽。

饭食记

母亲的三个习惯——勤劳、疼爱子女、重视文化教育，让我直至如今也烧不得一手好饭菜。常有人说："要想抓住老公的心，先抓住他的胃。"我倒认为"老公的胃未必等同于老公的心"，最令我头疼的便是"如何抓住儿女的胃"。

我们北方的饮食习惯，大多为一日三餐，夜宵不常食。早晨醒来，一切收拾就绪之后，大概仅剩二十分钟，做饭怎能来得及，自我安慰道："做了，孩子也不吃。"于是，我们一家四人，各自在街上挑选自己百吃又百厌的早餐，但总归这顿分散的早餐并没给我惹"麻烦"，心里还算轻松。晚餐一般由老公来做，他的水平堪比厨师，一桌丰盛的饭菜，对他来说不在话下，像变魔法般，轻而易举便摆出色、香、味俱全的可口饭菜，我也不用发愁。中午这顿饭才是我最"发愁"的。

科学的饮食方法"早吃饱，午吃好，晚吃少"，午餐不仅食量要求恰好，更要求食丰味全、营养均衡、香醇可口，方可称其为"好"。这顿饭是最令我头疼的。站在菜摊前，摆满的各种蔬菜鲜嫩水灵、半红半绿，让人眼馋，我的眼睛游移在萝卜、芹菜、菠菜、南瓜、茄子、豆角……之间，却不知要买什么。当商贩们拿着一把芹菜或者豆角喊道："看这菜多新鲜，来几斤吧。"我的脑子里顿时闪过一念"这怎么做"？在商贩的极力推荐、鼓动下，还是拎着大大一兜回家，烧菜、炖菜、拌菜、蒸菜、熘菜……各类齐全，且有大葱、生姜、蒜黄、香菜、荆芥各类配菜，还有适合不同做法的调料，一应俱全。

回到家里，往菜筐一放，开火、做饭，但端上桌的菜却是，萝卜就是萝卜，白菜就是白菜，配菜靠边，纯一小炒，不再需要像我这样不吃姜的还要挑出来，直接进口就行。口味嘛，一般清淡，只是盐偶尔多放或者少放，咸淡不一。儿女们吃饭，需在我的监管下，还要不时吆喝着"快吃、快吃"，才能吃得下。有时老公看不下去，会把菜重新"回火"，配上调料、配菜，一顿翻炒，口味骤然大变，也省得我对儿女们吆喝，菜就一扫而光。

  肉食我也会做，只是一律清炖。老公说："炖得汤质量高。"但儿女们却会扫兴而去，尤其是看到白白的清炖鱼肉，你怎么喊，他们也不愿动一下筷子。我也扫兴，一个人吃去，让他们去外面吃。填补一句，我家的天然气费用，几个月才能用到一百块钱，够节省的吧！

  有一年，老公过生日，我系上围裙，束好头发，准备好好做顿饭，给他一个惊喜。择菜、洗菜、烹调……好一阵儿工夫，做了六个菜，摆好之后，一阵得意，老公啊，老公，我本不想抓你的胃，可你的胃又能去哪里呢？赶忙打电话说："老公，下班快回来，我做好了生日晚餐等你。"老公满脸堆笑地走进家门，看到我的辛苦成果，一瞬间傻了眼，又立即开怀大笑，我不解地问："怎么了？"他停止了笑，郑重地看着我说："老婆，西红柿是你的最爱吧！"我看了下，也是的，怎么每盘都有西红柿。知道老公取笑我，就坐在那里不说话。老公说："好了，好了，别生气，你做成什么样儿我都喜欢吃。"我才不再生气，和儿女们一起吃我的"西红柿偶像饭"。

  俗话说："巧妇难为无米之炊。"有米之炊需巧妇，不是巧妇更怕炊啊！买回来的蔬菜，不能放冰箱的，自己又怕做，只能一点点腐烂，扔掉，心里也觉得可惜，但谁让我不是巧妇呢。独立家庭以来，包饺子的次数屈指可数，亏得饭店里什么都有，不然，我们营养就要失衡了。

  说起做饭，我真的全是自责。有时梦里，儿女们会问我："妈妈，你这做的什么呀，一点不好吃？"我曾想过参加一个厨师班的学习，但由于各种原因，一直没抽出时间。我也曾想将来儿女们不在身边时，却想不到妈妈做的任何饭菜，对我又是多么讽刺啊。

  龙应台说："所谓父母子女一场，意味着今生今世不断地目送他的背影渐行渐远。"子女真正陪伴父母的日子，很短很短，当他的背影在你面前渐行渐远，留给你的只有满满的想念，即便是一起开心地吃顿饭，也会是你生命中最温情的片段。现在，我只想说，我要努力做好每一顿饭！

母爱温暖的岁月

我总是想等多年之后，文笔更加洗练、纯熟时再写母亲，方能更加生动地表达出母亲平凡中的特质来。这是我一生的情感依靠、精神食粮、心灵皈依，但禁不住还是动起笔来，因为心灵无时无刻不在触动着。

从我记事起，就没有见母亲闲着过。不是在厨房张罗，就是在房前屋后打扫，或是坐在缝纫机旁缝缝补补，有时回家不见母亲，一准儿是去地里干活了。她永远没有过多的话，只是忙来忙去、辛苦劳累。父亲常说母亲有个"毛病"，就是我们都在吃饭时，她还干着活。是啊，每次我们拉着母亲吃饭，她总是拿着一把大扫帚，连门口大路上也扫得干干净净，给我们说"你们先吃，地上腌臜，我扫完再吃"。就这样，家里总被母亲收拾得整洁有序，即使破旧的家具也擦得油光锃亮，我们姊妹几个也总会衣着整齐地立于人前。

贫苦的年代，因为父亲的"不操心主义"，母亲坚强地支撑着一个家，从没有一句抱怨。她会把地里的马齿苋蒸得酸爽可口，似珍馐美味；会把玉米糊做得满口生香，惹人嘴馋；会把杂面饼靠在锅边，一个个锅焦，干脆利口，超越今日"锅贴"的味道。母亲做得这些好吃的，让我至今想起，便口齿留香。家里也有十分拮据的时候，有一年，父亲为了让我们村里一个转业军人有事做，就担保贷款买了一辆车，车没有收益，贷款还不上，父亲只好东拼西凑、变卖家当替他还了贷款。可眼下就要过年了，手下一分钱也没有，母亲没有数落父亲，也没有着急，只是拉起架子车，想去替别人干点活，挣点钱，好过去这个年。幸好父亲一朋友送来50块钱，我们一家人才勉强过了这个年。母亲的坚强性格无形中给了我很大的力量，每当我承受不了压力想退缩、回避的时候，就会想到母亲，想到母亲的"难"，想到母亲的"不怕难"，比起母亲，我的"难"岂可用一个"难"字来形容，一切便烟消云散，只剩下一往无前的勇气。

母亲与邻里相处，从没"红过脸"，她待人温和，从不占别人的便宜，她常说"都不容易，吃亏人常在"。别人有事只要能帮上，她都会尽力帮衬。母亲的性格，用我们现在的话说是"低调"，乡亲们说母亲"爱叫苦"，我说是不张扬。母亲的这点性格，也真真传给了我，使我无论何时、何种场合，从不会把自己摆在重要的位置，即便我为主角时，也总会推诿、礼让，我认为这点还是很好的。

母亲虽然不认识多少字，但她的思想并不落伍。母亲一直支持我们上学，她常说自己特别喜欢上学，但因为要帮姥姥操持家务才辍学的。后来我也隐约听妗子说，母亲就因为父亲有文化，才在那个父母之命、媒妁之言的时代，与一个从不曾见过面的人毁了婚约。虽然母亲说不出大道理，但我想，在她的思想里有一个知识时代的未来，基于这点，母亲从不让我们干活，只让我们学习，所以直至如今，生于农村、长于农村的我，却对农活不甚了了。母亲为了我们的学习付出很多，只为我们成为一个有知识、有文化、有修养、对社会有用的人。当我和妹妹都考上师范学校的时候，母亲又想方设法为我们凑钱，把我们送到学校里，母亲的心有了片刻的安宁，但接下来便是无尽的思念和牵挂，从没离开过自己的孩子，要分开一段时间，哪怕是一天，也会让她泪流满面。母亲瘦弱的身体更加消瘦了，只有当我们回家的时候，才会看到母亲会心的笑容。母亲的心啊，岂是儿女所能看到底儿的？最深处的疼爱我们永远无法知道。茫无涯际，你的爱无边；山高水阔，你的爱无限！

母亲很平凡，没有轰轰烈烈的一生，没有教育子女的大道理，但从她身上我却学到了做人本真的善良，一生勤劳的习惯，坚强无畏的勇气，更重要的是爱人胜于爱己的思想、无悔付出的信念，这些都是让我一生受用不尽的东西。母亲不仅给了我生命，还给了我世界上最伟大的母爱，这些爱一直温暖着我的岁月，是我心灵的慰藉、精神的家门。我感激上天让我做了她的女儿，此心甚慰！

近年来，母亲年岁渐长，越发期望子女的陪伴，每次打电话来，总是说好久，但从不提让回家看望她和父亲，我说起时，她便说："别回来了，你们都忙，我和你爸都好，这样说说话不就好了吗？"每当听到母亲说这些，我的心就一阵阵地痛，似乎看到母亲那两鬓斑斑的白发，日渐弯曲的脊梁，还有那满是沟壑的脸庞上失落的笑容。我无法控制自己，挂掉电话，让眼泪尽情地流淌。

父母在，人生尚有来处；父母去，人生只有归途。世上很多事都可以等，孝敬父母不能等。让我们用温暖陪伴我们渐渐老去的父母，不给自己留下永远无法弥补的遗憾！

难忘儿时元宵夜

新年悄悄地淡出了我们的视线,已打结成包,埋藏在记忆的一隅,元宵节便带着火热的激情粉墨登场,人们唯恐接待不周,怠慢于它,纷纷拿出十分的热情喜迎元宵,一派热气腾腾的景象正在上演。

熙熙攘攘的人群,五光十色的街灯,绚烂华丽的烟花,香甜如蜜的汤圆,把这个新年伊始的月圆之夜烘托得更加温情、温馨、温暖。心底的甜蜜氤氲起对往事的回忆,也是这样浓情蜜意的时刻,我的儿时元宵夜。

小时候,元宵节的前几天,妈妈就早早去集市上,在五颜六色、形状各异、图案不一的"纸灯笼"中为我们认真挑选出"好看"的来。看到这漂亮的"纸灯笼",我就盼望着天快黑起来,在盼望中夜色还剩最后一帘帷幕的时候,我就迫不及待把折叠的粉红色的精巧秀气的"纸灯笼"点上蜡烛,拉开,再找来一根小木棍,缠着两边的细铁丝,轻轻挑起来,走出门去,在每条胡同里穿梭、游走,遇到小伙伴们,便比较谁的灯笼好看,谁的灯笼明亮。如果遇到挑着那种下边是木板,用竹条扎的,上面糊着红色纸的,我已记不清叫什么名字的"灯笼",他就非要给你碰灯笼,我就赶忙跑开。因为一碰,自己的灯笼就会被烧掉,识时务者为俊杰,跑为上策。还有的小伙伴,蜡烛点完了,没回去换,或是蜡烛倒了,就把灯笼给烧掉了,我们就会取笑他,他只有空手回家,妈妈也不会发脾气。就这样,每天晚上都挑着它,直到过了元宵节。

元宵节的夜晚,妈妈会在门口喊回已出去挑灯笼的我,端着一碗汤圆说:"快吃,等会儿你爸还放烟花呢。"我看着妈妈亲手做的圆圆的、白白的、浮在面汤里的汤圆，顿时勾起了肚子里的馋虫。我赶忙用小勺舀了一个，放入嘴里，软软的糯米粉香香滑滑，加上芝麻、花生混合着番薯的馅儿，更是香甜可口。妈妈一不留神，我便吃得只见了碗底儿，妈妈笑着说："喜欢吃，以后还给你做。"我舔了舔嘴角高兴地说："嗯。"刚要跑出去，看到爸爸搬了一个大箱子在大门口，我知道爸爸要放烟花了，就高兴地站在那里，等待着漫天华彩的那一刻。

　　在那样贫苦的年代，爸爸每年都会买来一些"挺贵"的烟花，不是家里经济多么富有，而是为了让我们在娱乐内容贫乏的年代，得到一些精神上的愉悦。这一点，年幼的我是无法理解的，只知道开心快乐，恰恰爸爸的希望也正是如此而已。

　　爸爸先从箱子里取出一个万花筒，放在地上，点燃之后，灿烂的花朵一层接一层，一层又高出一层，像是从地下喷射出一棵姹紫嫣红的树。枝繁叶茂的火花，绚烂抢眼，映照着我赤橙黄绿的脸颊，我跳跃着，欢呼着，赶过来一起看烟花的孩子们，也和我一样，像一个个"小疯子"，惹得大人们阵阵欢笑。爸爸又取出一个长筒的花，手拿着对向天空，喷出五彩斑斓的各式图案，然后向下面任意挥洒。孩子们都在争相讨论着是什么，各自发表着"感言"的时候，一只火蝴蝶带着尖锐的声响腾空而起，我唏嘘着，幸亏没有钻进自己的衣服里。就这样，一场美丽的烟花盛宴，丰盈了我童年的梦幻，让我如今的记忆里，烟花怎么也没有稍纵即逝的伤感。

　　还沉浸在昔日的烟花世界里，女儿喊我："妈妈，你看这烟花多漂亮！"是啊，随着科技日新月异的发展，烟花可以变幻成各种图形、字体，花卉种类繁多、应有尽有，也当然越来越漂亮；儿时的"纸灯笼"也换成了公公婆婆每年买给子女的电动模型灯笼；汤圆的各种馅儿也让人馋涎欲滴，但我仍难忘儿时简单却幸福的元宵夜，或许，亦如子女们多年之后难忘今日的元宵夜一样！

诗意童年　诗情飞扬

儿子的农村童年不能说不快乐，田野、鸡鸭、小河、清风、朗月，还有门口嬉戏的小伙伴，村里的阿婆，但是没有母亲的陪伴，这快乐抑或有些单调……

——题记

在儿子成长的七年里，我疏于对他的陪伴，但是他一样地可爱、酷帅、机灵鬼怪，这得以婆婆的抚育和培养。瘦瘦的脸颊，转来转去的眼珠，跳跃着行走的动作，看来确是十分聪明的，而最让人惊异的却是他偶尔的一句话，会毫不设防地击溃你的心，诗意逼人，诗情飞扬！

那一年儿子刚刚两岁，才勉强能说出完整的一句话。一天，我抱着他，他软软的小手，摸着我的头发说："妈妈，你的头发好长啊。"我心头突然一酸，难言的愧疚和自责，让我紧紧地抱着幼小的儿子，好像只有这样的拥抱，才能弥补对儿子的亏欠。儿子的这句话在我心里就是世间儿子对母亲最深情的爱的表达，最充满诗意的爱的赞美。

婆婆是一个大大咧咧，不喜欢在家里待着的人，她住不惯城里，喜欢农村自由开阔的环境，儿子就被她高兴地带到乡下，充当了一个背后的"跟屁狗"。每次回去看儿子，他总会抹着一把花猫似的小脸儿，从一群孩子的游戏中跑过来迎接我，邻居们都说："这孩子心里有（就是懂事），知道跟妈亲。"我便笑得合不拢嘴，很是幸福。然后给儿子洗洗脸，抱着他坐在我的膝盖上，儿子依赖地搂着我的脖子，把我的脸亲个遍。有一次，还是他两岁多的时候，他看着我的眼睛说：

"我眼有你，你眼有我。"我抱着儿子转了一个大大的圈儿，对着儿子喊道："儿子，你会作诗了。"儿子咯咯地笑着，眼睛里掠过一丝晶莹的光，他知道是妈妈喜欢他。

儿子不爱吃饭，每次都需要我把好话说尽，有时"利诱"甚至"威逼"，方能进嘴里几口，这曾是我好长时间心里最放不下的一件事。一次吃饭，我使尽浑身解数，才让儿子闭着眼，哽咽了几口饭，老公看我毫无办法，就对儿子说："儿子，你吃一碗饭的一半吧？"

"不行，太多了。"儿子说。

"你吃多少？"老公问。

"一半一半一半。"儿子坚定地说。

我和老公相视无奈。儿子随口而出的这句诗化的语言，仔细想来，却如此简洁、生动且真切地表达出自己想要吃怎样的量。这个儿子啊！小小的脑袋，真是让人难以琢磨，怎么会有这样的词汇？又何时何处会出现？

一个夏天，天气异常炎热，烁玉流金、赫赫炎炎。我带儿子出门，儿子的头发都一绺一绺贴在脑门上，小手湿漉漉的全是汗，他抚弄着头发，拨拉到一边，表情不耐烦地看着火辣辣的太阳说："太阳啊，你太勤劳了。"我定了定神说："是啊，儿子。"然后慢慢地消化儿子此时对太阳热度的无奈和不喜欢，而我的脸上却溢满了笑容。

儿子就是这样没有思索，没有预期，没有意识地作着他童年的诗，而我记录的只是点点滴滴，就像一串串音符，在儿子的童年适时地跳过，我却没有伴奏，没有烘托，在心里只剩下一首首无名歌。

儿子上小学了，成了老师们的最爱，数学老师说儿子是班级里"正确的代名词"，语文老师也夸儿子很优秀。我无意间发现儿子特别喜欢朗读，每次用他那稚嫩、透亮的童声轻缓地朗读的时候，俨然一个小诗人的模样。

儿子读道：

江　南

江南可采莲，

莲叶何田田。

鱼戏莲叶间。

鱼戏莲叶东……

这首小诗让儿子读得活泼、生动、充满童趣，我心里的感动无可言喻，暗暗在心里告诉自己："儿子，你怎么会这么好。"

　　龙应台说："时间是一只藏在黑暗中温柔的手，在你一出神一恍惚之间，物走星移。"儿子的农村童年不能说不快乐，田野、鸡鸭、小河、清风、朗月，还有门口嬉戏的小伙伴，村里的阿婆，但是没有母亲的陪伴，这快乐抑或有些单调。错过了儿子诗意的童年，就减少了儿子诗意成长的依托，一个母亲的路过和错过是迥然相异的，此时我深深地懂得。

　　爱是什么？爱是给予，爱是陪伴，爱就是不错过……

假 想

居于小城，时值盛夏，酷暑难耐之际，朋友圈里一条"冰雕世界，冰爽来袭"的信息，吸引了我的眼球，小城内首次登临，着实新鲜诱人。再往下看，点赞领票，顿时一阵厌烦，询问同事，答之："不售票，只点赞。"禁不住女儿极度热情，无奈之下，转发赢赞领票，赶赴地点，一享冰雪奇境。

仅下车走到门口的几步路，我们已被汗水浸泡。女儿说："妈妈，有卖圣代冰激凌的。"只见一台小型的冰激凌机放在那儿，旁边站着一位二十多岁的小伙子，黑黑的脸膛淌满汗水，中等身材，偏瘦弱，酱红微微褪色的衬衣，全然湿透。在这个商家临时搭建的售房宣传处——冰雕世界门前，这个小伙子的这台小机器，的确给去观看的人们带来了一丝清凉。

"小伙子，我们要两个圣代。"

"好的，要什么味道的？"

"一个巧克力的，一个蓝莓的。"我不假思索地说。

小伙子腼腆地笑着说："大姐，对女儿那么了解啊。"我说："是啊，天天在我身边缠着我，能不了解吗？"小伙子似有话说，又转身忙活了，似有一丝不安的神色在脸庞拂过。圣代做好了，小伙子又转而满面笑容地递给我们，搬来两个凳子让我们坐下。

他告诉我说，设备维修，需等第二天再来，还关切地对我说，如果我拿不到票，下次去看的时候，把他的票给我。

我重新审视这瘦弱却又略显沧桑的小伙子，是他的什么触动了我？热情？敦厚？还是他隐约可感的故事？

已值正午时分，阳光洒金，大地喷火，不能久待，扫兴而归。我们刚出门，小伙子骑了一辆破旧的自行车，也离开了，回头对我们摆手。他一定是回家了，一个什么样的家呢？

人对于未知的世界，总报有猜疑之心，这早已是习以为常。

一路上，我不禁在想，这小伙子结婚了吗？白齿青眉的年纪却毫无修饰，做起此种青年人不闻不问的小生意，是什么让他"拉下面子"？是父母体弱多病，无力支撑的破敝之家，还是婚姻之后男人的养家责任？不得而知。

我极力思索着每一种可能，做着假想。

如果是前者，看不出他神情的沉郁悲凉处，虽略显拘谨，仍可见其阳光之态，似无依据。

如果是后者呢？我又推想着。婚后的他为何不去外地打工，现在多半无职业的年轻人都不会居于家里，大城市厂矿、企业多，就业门路广，一年到头都有钱赚。现如今，全国上下农民工进城就业已成一种趋势。这小伙子却在一个宣传完毕便会拆除的临时搭建处，做这样一个小买卖，也着实让人不解。

此时，小伙子问我的话语又在我耳边响起，"大姐，对女儿那么了解啊"，他欲言又止带有些微愧色的神情又在我脑海里闪现。难道，难道他想说，自己曾对自己的孩子一无所知吗？那份不安是来自内心深处深感对孩子的亏欠吗？或许，他曾经也是打工族，但对儿女的不舍，却让他没有远行，为了孩子的成长，他宁愿守候家园，给孩子一方晴空，一个黎明。比起那些只能在梦里遥想父母，依靠隔代抚养孤独成长的留守孩子，我的女儿是幸福的，他的孩子也是幸福的。

我的假想最终以美好而结束，心中顿觉畅朗、明丽。在心灵的原野上，开出绚烂的花来，那样瑰丽，那样动人，宛若那些孤单的孩子舒展了紧锁的眉头，露出一张张灿美的笑脸。

广场舞情缘

广场舞，是人们所熟知的一种舞蹈表演形式。近年来，备受人们关注，可谓"有广场的地方便有广场舞"，尤其为城市生活增添了一个个亮点、一道道迷人的风景线，也成为很多人强身健体、愉悦身心、陶冶情操、涤荡心灵不可或缺的一部分。

身体一向很弱的我，苦于寻求一种能够长久坚持下去来锻炼身体的方法，终无所得，要么乏于意志，要么碍于时间，要么限于精力。五年前，我们从院落搬往小区居住，小区大门前售楼部门口有一宽广场地，晚上有人跳广场舞。我试图学习，在或轻柔舒缓、或欢快动感的乐曲中，竟连续跳至一两个小时，丝毫没有劳累之感，于是每日晚饭之后必至于此，生活也大有改观。后来，舞友们一致要求我为老师，极力推托，亦难辞大家一片信任之心，于是，并非专业的我忐忑不安地接受重任，与广场舞便结下了不解之缘。

抑或是重任在身的责任，抑或是一种对广场舞发自内心的喜悦，以后的日子，工作之余、读书写作之外，它就成了我娱乐健身的主题。见缝插针地搜索时间，在网上查找好看易学的舞步、音乐悦耳动听的舞蹈，总会把动动、云裳、青儿、茉莉、丽萍等老师的舞蹈查看一遍，寻找适合我们这个年龄参差不齐、文化程度有差异、职业类别不同的舞队的舞蹈。然后，家里的客厅就成了我的舞蹈室，我按节拍一步步认真学习每一个腿部、腰部、臀部、颈部、肩部、手腕的动作，力图做到尽善尽美，才能在教的过程中，一则动作标准更达健身效果；二则动作有美感，更让人喜欢且心情舒畅不易疲累。所有舞步通晓之后，我还会反复练习，一遍一遍感受到的不是重复的无趣，而是融入其间的惬意。

每天舞友们都会准时相约一起，我更会早早赶到，做准备工作。一切就绪，我们共同舞动着每一曲不同的旋律。柔美缠绵的乐曲，我们慢慢展开双臂，舒展身姿，轻移舞步，目光充满柔情，浅笑溢满脸庞，舞动着万种柔情，挥洒着无限雅韵；轻快激昂的乐曲，我们跟随明快的节奏，踏着节拍，全身舞动，充满力量，极其洒脱、率性，充满活力，青春焕发。我们就这样尽情地陶醉着，完全走进一种至高的精神领域，享受之至。就连这多情的夜色也不忍打扰，静静地在一旁欣赏着，静谧的妩媚又为这动情的舞蹈增添了不少绰约的姿色。

因为广场舞，本不相识的舞友们走在一起，在健身的同时，不仅切磋舞蹈艺术，交流学习体会，还谈天说地，沟通心灵，其乐无穷。有时还会问我怎样把舞跳得更优美，怎样下载舞曲在家里跳，通过我的认真解答，年龄稍大的舞友也学会了操作电脑，舞姿也越来越优美。舞友们早已挣脱了家庭的束缚；褪去了工作的劳累。我们犹如摆脱了桎梏的小鸟，重获自由，尽情翱翔云际；犹如空旷的原野，突然响起轻缓的《牧羊曲》，片刻陶醉，不论魏晋；犹如心灵上开出鲜艳的花朵，馨香沁来，涤荡着人世炊烟里的渺渺尘埃。莫问人间沧海桑田，只愿红尘花好月圆。

因为广场舞，舞友们更加热爱生活，也更爱美。时不时上网淘来漂亮的舞蹈服；偶尔换个发型；不时地讨论谁的服饰时尚。看到她们的变化，我十分高兴和欣慰，我曾对舞友们说"能让大家更爱美，就是我最大的希望"。

因为广场舞，有的舞友体重降了一二十斤，有的舞友气质变好了，我的体质也大大增强，我们都收获颇丰。

活跃在祖国大地各个角落的广场舞，不仅是体育文化和大众文化的融合，更是一种精神文化的彰显，尤其给城市居民带来了社会认同感、城市归属感和自身幸福感。虽然还存在这样那样的不足，就广场舞本身的意义来讲，我们有理由、有方法，也有能力去克服。而我，作为中国千千万万个广场舞老师中的一员，我会用我的热情和努力，为全民健身运动做出自己微不足道的一点儿贡献，奉献自己微乎其微的一点儿力量！

我与广场舞的情缘，像一条七彩的丝线，将我们一生相牵，或许这也是一种情结吧。

祝福表哥

那年刚放暑假，我就像以往一样和妈妈嚷着去舅舅家住着，妈妈正愁顾不上送我，表哥就骑自行车到了我家，说是来接我。我高兴地忙一脚踩着脚踏板，另一只脚踩着上面的光轴，一下跳到自行车前面的横梁上，说："哥哥，走。"好像要急不可待地离开厌烦的家一样，妈妈笑着看我，摇了摇头。

正值仲夏，闷热无比，空气都好似凝滞了，没有一丝风，树叶一动不动地耷拉着脑袋，连喘息的力气都没有，路上几乎没有行人。表哥带着我，衣服都湿透了，时不时地擦着汗，还不忘了给我讲故事，逗我开心。一路上我的笑声几乎没有间断过，还会问表哥一些傻傻的问题，已经分得出左右的我，疑惑地问表哥："为什么我们老是走右边，不走左边？"表哥点着我的鼻子笑着说："右边好走啊。"我低声嘀咕着："我看左边才好走呢。"表哥停下车子，在路边给我买了袋冰水，自己却没买。

大我整好一旬的表哥，正在警校读书，学习勤奋，各项成绩都好，尤其是功夫课更加优异。我总是缠着他教我功夫，他总会装作不肯的样子，逗我在后面撵他一大圈，才俯首称臣。先教了我一个最简单的套路，单脚用力，把人撂倒，刚抓到我的手臂，我就已经倒了。表哥朗朗地笑着，我闹着说："不行，要重来。"就这样反反复复，表哥竟然用他的耐心，把我教会了。至今，这个套路我依然用得很好。

表哥无时无刻都不会忘记练功夫，因为他知道自己以后所从事的职业，知道自己肩负的使命，要把自己炼成铁，炼成钢，才不会辜负国家和人民的厚望。以至于在后来的工作中，他带领民警们冲锋陷阵、一马当先，获得殊荣无数，百姓赞声不绝。当几米高的墙一跃而上时，自己的安危抛弃了，亲人的担忧也不管不顾了；当终日忙碌不能回家时，嫂子的抱怨听不到了，儿子的想念不闻不问了。表哥就是这样，对工作极度热爱，胜过爱家人，爱自己。

我和表姐又要偷看表哥练功了，趁他和同学切磋功夫的时候，我们藏在墙角偷看，被他发现，让我们走，怕影响他们。我们假装离开，一会儿拿了一把大扫帚，竖在那儿，挡着我们。可是，我和表姐傻得竟然不知道扫帚怎么会无缘无故地站在路的中间呢，况且扫帚只是遮住了上半身，还有我们的腿在那里明显地露着呢。这怎么会瞒得过表哥洞察秋毫的眼睛呢？一场闹剧就这样在表哥严肃的表情里收尾了，当我回头看他时，他的严肃却瞬间找不到了，只留下亲切的笑容。后来表哥在我上师范时，给我寄了好多功夫书本，每当看到它，就听到表哥朗朗的笑声，看到他那亲切的笑容。

2010年，是表哥此生最惨痛的一年，十几年前的一个案件重审，发现有问题，表哥此时担任刑警队大队长一职，且判决定案时，表哥已调离此地两年，但表哥仍和局长一起负了连带责任。法律严谨、无情。但这对于表哥的打击犹如晴天霹雳，怎么能接受？表哥一个老领导含着泪告诉表哥："你的成绩是大家都能看到的，也是都认可的，世事无常，你要保重啊！"表哥徒步回家，一躺便是多天，一句话也没有。他累了，只有这个时候，他才能好好歇息歇息。嫂子含着泪，却远远地待着，不去打扰他。

生命的前行，如果都在目所能及之内，即使悲伤，也没有那么多叹息和眼泪；即使痛苦，也不会有那么多酸楚和心碎。但生命是船，你必须扬起帆，勇敢向前。莎士比亚说："患难可以试验一个人的品格，非常的境遇方可以显出非常的气节。"表哥一如既往地坚强，没有跌倒，又挺立了起来，亦如他高大的身躯，无坚可摧，一蓑烟雨任平生。当他以笑容面对看望他的络绎不绝的亲人朋友时，我知道，表哥的笑容背后付出了多少努力，才有如此勇气。

两天前，表哥来我家。妈妈是表哥唯一的姑姑，这些年来，无论再忙，表哥从不会忘了看望妈妈。记得一年农历十五，表哥竟然来到我家，我们这儿初一、十五不能走亲戚，许是表哥工作忙，忘了时间。前两年，表哥本已调整好了心态，但妈妈看到表哥，就会情不自禁地流起泪来，惹得表哥在喝了些酒的情况下，潜然落泪，每次见面气氛都是那么凝重。这两年，我多次劝妈妈，气氛便好了些。表哥一进家门，朗朗的笑声，就溢满了院落，还像以往一样说："姑父，我来看你了。"

只见他整个人神清气爽，恢复了以前的帅气阳刚。这才是我心目中的表哥形象，我暗暗自语。表哥和爸妈一阵亲切之后才看到我，说："妹妹的头发怎么还像小时候那样带个弯钩啊？"我说："是烫的，还取笑我。"表哥又笑了起来。全家人说说笑笑，其乐融融。

临别时，表哥同我们挥手，笑容是那样自信、坚定，透出一种勇敢和无畏。是的，表哥一定会重整旗鼓，奋发努力，闯出一片新天地，为自己的人生谱写新的乐章，祝福表哥！

你在，我的世界春暖花开

如果一个男人给不了他爱的女人想要的生活，爱情就变成了逃避、退缩。但是爱是共同的承担、共同的经历，共同为未来拼搏，共同抵抗风雨泥泞。给彼此一个爱的承诺，那就是无论何时都执手相牵，不离不弃，谨以此文献给我的爱人，让他回到我的身边，我要告诉他："只要有你在，我的世界便春暖花开。"

——题记

我曾经告诉你，如果你不站在那条路的中间，你就见不到我，你就真的站在那里等我的出现，看到你傻呵呵地对我笑，我只说了两个字："真傻！"今天我又来到了这里，可是却不见了你的身影。

也许你是故意捉弄我，也许是有什么事情还没有来到，也许是考验我对爱的执着，也许……

不管什么理由，我始终坚信你会来。完全沉浸在昔日你傻傻的笑容里，嘴里还念叨着那两个我不知说了多少次的字，脸上挂着甜甜的笑，是你的傻像疾病一样感染了我，就这样等待着，等待着你一贯急匆匆的脚步声在我的耳边响起。为了给自己一个惊喜，我一次次地把眼睛闭上又睁开，睁开又闭上，但还是没有一点儿你的踪影。你在哪里，你到底在哪里？

我坚定的信心被你的冷落给彻底摧毁了，我告诉自己，你不会来了，捡起一片落叶，放在手心，让它记录下此时的我，你能看到它吗？我的想法不够奢侈吧，你能回答我吗？你在哪里啊？你能听到我心底的呼声吗？

你曾经拉着我的手对我说，这双手是世界上最美丽的手，因为它将陪我度过一生；你曾经写过一本厚厚的关于我的日记送给我，对我说写不完我们今生的故事；你曾经把我所有的坏习惯都写成警示语贴在我生活的角落，对我说你是我生活中的警示灯；你曾经很努力地学习和工作，对我说你会给我一个很多女人都羡慕的生活……可如今你去了哪里，让我到什么地方去找你？那天，你哭着对我说："我要走了，因为我已经是一无所有了，而你应该过得比别人好，我再也没有能力给你幸福，请你珍重。"这段冰冷的话语，让我掉进了无底深渊，望着你远去的熟悉的背影在我眼前慢慢地消失，我知道我的未来将会充满恐惧，人们都说雪花有情，那片片雪花就是在向大地传达它深深的情意，而这片片雪花却让我的思维一片空白；人们都说小鸟有情，它的歌声就是在报答森林对它的爱意，而这歌声却毁坏了我的耳膜，扰乱了我所有的生活。你的爱就像它们一样砸得我遍体鳞伤，而你却以为是爱我最好的表达。也许是的，但是我不需要这样的方式，如果用你的离开来换世人眼中的美好，那我希望我的所有都不美好，只要能拥有和你一起的生活。

你到底在哪里啊？你回来吧，前面的路途还很坎坷，自己的力量又是那么地微弱，让我和你一起去分担吧，只要有爱就可以化解所有的磨难，你相信吗？你的离开不会给我带来幸福，相反的是会带给我无尽的思念、孤独和寂寞，如果你真的爱我，就让我们一起抗击风雨，共享欢乐。回来吧，一个充满爱的明天在向我们招手！

在爱的世界，我们的心都是如此柔软，对于我和你，呼唤和逃离又何尝不是同一种心灵的语言？我为你守候，你为我归来，才是交给爱情最好的答卷。

第二章 心灵深处，总有一个远方

写意周庄

我们很多人大抵都是爱江南的,那份美足以触动我们的心灵,侵入我们的思想,而江南的美又在于水。唐代韦庄诗云:"春水碧于天,画船听雨眠。"春水澄碧明静,游船画舫之中和着雨声入睡的人儿,是何等地安闲,何等地惬意,又是何等的空灵和美丽。江南真的好,江南的水真是好!

被称为"中国第一水乡"的周庄,犹如一袭饰满彩锦的霞衣,渲染着江南的美丽,不由得让我用拙笔深情去写意。

走近周庄,梦里梦外的温情与江南水乡的烟雨期待,就在此刻蓦然相逢,来不及酝酿,来不及装扮,如此本真地呈现给这场千年的缘。我是惊诧于这幽幽水国的,怎么可以如此古朴、自然?毫无刻意、伪作之感,此情此景,正如它的这句广告语"有一种生活叫周庄"一般,让人向往、迷恋。

那水就那样油油地绿着,在廊桥下、巷道里缓缓地流过,一艘艘小船划开清波,木橹声声吟唱着一首水乡人家的安宁平和之歌,曾几回梦里在那份绿色里泛舟而行,便生发出生命的绿色,鲜活得让人感动。柔柳在这水的映衬下更加婀娜,静静地垂着,似一条条翠玉珠帘,在我们走过的一刹那拂过我们的脸颊。天蓝得纯净,水润润、透亮亮,没有一丁点儿的沾染,让我想到德德玛作词的那首《草原上升起不落的太阳》,宛若草原的蓝天般辽远、开阔,又清新怡人。古典雅致的民居临水而建,触水处滋生着片片青苔,难不成是这水把它染绿的吗?总会让人疑惑。半开半合的轩窗,映出姑娘甜美的面容,若隐若现,一种复古情怀瞬间点燃,让人忘情。

坐在岸边的青石长椅上，呼吸着氤氲着香味的空气，细细地品味周庄，真的想化为它的一滴水、一方砖、一条柳丝、一支木橹……当著名画家陈逸飞把周庄描绘出来，周庄便驰名中外，周庄在画里，画在周庄里，怎能不让人惊叹、震撼？

三毛是来过周庄的，她情不自禁地摘下一朵金黄色的油菜花，这或许是她的一个金灿灿的念想。潇潇春雨中，在长街小巷的石板路上慢步而行，她流泪了，这是她人生中的第三次震荡。三毛太爱周庄了，但与周庄的一个信守不变的约定却只能待到来生了，她唱着那首《橄榄树》："不要问我从哪里来，我的故乡在远方……"念叨着周庄，孤独地离去。如若有周庄如影随形的陪伴，三毛的丝袜会和她的长发一样柔软，不会坚硬地让自己永远地消失于滚滚红尘，永不醒来！

周庄是江南富豪沈万三的故乡，这里流传着一个脍炙人口的传说。富甲一方的沈万三因为"露富"而触怒明太祖朱元璋，一次沈万三在宴请朱元璋的宴席上，无意间摆放了猪蹄，朱元璋问道："此菜为何？"沈万三灵机一动恭敬地说："此乃万三蹄，是专门呈献给皇上的。"这就是万三蹄的由来，沈万三也因此躲过一劫。但富庶极端的他最终还是没能逃过罹难，客死他乡，他的灵柩被运回周庄，葬于银子浜底。凄凉、萧瑟的"沈厅"很是简陋，没有贵族府邸的豪华、气派，且是一口小腹大的阴暗建筑，这也是沈万三深感危机时，为"避富"所建，在这个美丽的小镇里，给我们带来了深深的思索。人世所为，所极之处避锋芒，然则祸患而临，"痴人"所为，则无人戒备。只叹沈万三一个财大气粗的商人，研究的只是财富，不是史书，让人惋惜。单调的美丽大多是不好的，沈万三用他的凉薄一生，为后人描述了什么是前车之鉴，为周庄的美赋予了深厚的文化底蕴和深刻的现实意义。它是周庄的一部分，是永远不能分割的。

平生不喜欢晃眼的色泽，周庄的色泽是浑朴的；平生不喜欢飞快的节奏，周庄的节奏是舒缓的；平生不喜欢烦琐的格调，周庄的格调是简约的，周庄与我那么不吻而合，宛若三生三世的知己。我穿廊过道、涉桥踏阁寻觅着我前世的足迹，哦，周庄，你已然在我的心里，从不曾离去。

周庄，我的梦，我的情，我永远的偎依！

烟雨旧梦西湖情

在我的心里、梦里，西湖就是一温婉秀美的女子，暗香盈袖、娉娉婷婷。苏轼诗云："欲把西湖比西子，淡妆浓抹总相宜。"实乃浑然天成之笔，让人爱慕至今。西湖之美，在诗、在景、在韵、在情，谁又能否认西子湖畔那一段段迷离的烟雨旧梦？

丹桂飘香的秋日里，一睁开眼就看到西湖，那种感受无以言喻，只说是心动吧，又怎能说得清。淡蓝色的湖面与天空相连，自成一色，淡雅、宁静、渺远，宛若睡眼惺忪的西湖还沉浸在美轮美奂的梦境中。远处灵秀的山峦，一座成了另一座的底色，隐隐然，似烟如雾，迷蒙如画。细柳几多柔情，随清风摇曳着，婉约了这一湖秀水，也柔媚了这西子湖千年的美誉。几叶扁舟，缓缓摇摆，漾起点点水波，方知这一切都是真实的存在，不是虚幻，不是浮想，更不是梦境。白居易诗云："自别钱塘山水后，不多饮酒懒吟诗。"如此之美，几人不赞叹？几人不感动？漫步轻行于湖边，可否揽几分美色入怀？从此，不言美、不阅美、不赏美、不慕美，方可处处皆美，时时拥美。

单是这一湖秀水已让人忘情，更别说那一缕墨香里的浪漫爱情、古迹遗韵、历史传说，更让人臆想、痴迷。

西湖十景中，我最爱"苏堤春晓"，元代称之为"六桥烟柳"，一直被列为十景之首。漫步苏堤，虽为秋日，绿荫如盖、清风习习、花香四溢、清新怡人。看不够的湖光水色，享不够的如诗风情，或许，在你闭上眼睛的一刹那，会与东坡先生偶然相逢，此种感受胜似人间仙境，自是不必说。

西湖得名的原因是一段美丽的爱情故事，这个故事可以说是家喻户晓，就是许仙和白娘子的故事。西湖水，断桥边，一段雨伞情缘，柔美了爱情的容颜；雷峰塔下，历尽磨难，诠释了爱情的真谛。中国人自古崇尚真、善、美，贬斥假、恶、丑，所以塑造了这样一位完美的女性，她坚强勇敢、不惧生死地追求爱情，赢得了人们的爱慕、尊重和赞扬。她虽为妖，却胜似人，为我们演绎仁、义、道、德，鞭挞奸、邪、逆、恶，她的形象在中华文化中熠熠闪光，也为西湖的美赋予了浑厚、深沉的底色，让人啧啧。

在西湖边，人们还会想到一个人——苏小小，她不但生得花容月貌，且能书善诗，文才横溢，可与西湖山水争奇斗艳，是男人心中的一个梦。她因家庭情况，移居西泠桥畔，沦为青楼歌妓。虽为妓，却实不俗，一直保持着文人的高尚品格和女人的冰清玉洁。她追求坚贞不渝的爱情，一首《同心歌》曰："妾乘油壁车，郎跨青骢马，何处结同心，西陵松柏下。"写出了青年男女约会的美好时光。一首《减字木兰花》曰："自从君去，数尽残冬春又暮。音信全乖，等到花开不见来。"写尽一片相思之情。这首词是写给她的情郎阮郁的，她苦苦等待的人，一直未见踪影，直到她思念成疾，香消玉殒。令人垂泪、叹惋，也令人景仰。但她能在西湖边长久地被人传颂、赞扬，并非如此。还传说她慷慨解囊，资助穷书生上京赶考，善心柔肠，没有得到应有的回报，死神却在如花妙龄，急急来访。苏小小是美的，从身心到灵魂，而这种美是需要付出代价的，她倾其生命捍卫了这种纯洁、诚挚的美。或许，这样一位歌妓在西湖乃至中国历史上占有不衰之地，意义就在于，让我们从社会的背阴面看到了生命本真的善良以及人类生生不息的光亮，而这种善良和光亮，将不择环境地潜滋暗长，及至金灿灿、明晃晃，越发地惹眼、炫目。

在西湖边还有一位"梅妻鹤子"的林和靖。隐居在此，真不愧是一个好的选择，孤山植梅，恬然自适的情态让人好生羡慕。"疏影横斜水清浅，暗香浮动月黄昏"，说是美得让人窒息也不为过，是这梅鹤做了西湖的底色，还是西湖做了梅鹤的映衬，谁能分得出呢？

柔情百转的西湖，女子的最爱，谁不曾静倚纱窗，低吟浣溪沙，轻嗅胭脂味？但西湖也承载着似与之不相匹配的忠肝义胆，岳飞墓和武松墓也建于此。一个是"精忠报国"，一个是"大义凛然"，一忠一义，相得益彰，为西湖的美注入了高洁的品格，不朽的精神，使得人们在对美的不懈追求里，不肆意、不盲目、不沉迷。

静静地回望西湖，那灵灵的水波，泛着银色的光晕，弯弯的、闪闪的，时而又忽而地为我们泛出一个个美丽的传说，一段段丰厚的历史古韵。很多时候，故事让风景更美丽，风景让故事更生动，翻阅西湖画卷，重觅烟雨旧梦，总有那一抹抹柔情凝滞在心中，带着美丽的期许、深深的眷恋和真挚的感动！

情韵幽幽古秦淮

"六朝金粉地,金陵帝王州",曾经可谓繁华兴盛,古老厚重,行于其间,让人思古之幽情蓦然膨胀。一个几度姹紫嫣红,笙歌艳舞,雪月风花的古秦淮,总在柔媚、娇艳且不失美丽、高尚的意蕴里牵惹着我们的过往。古意盎然,情韵幽幽,发岁月之慨,抒心慕之境。

十里秦淮历来是古今文人歌咏、赞颂之地,且不说杜牧的"烟笼寒水月笼沙,夜泊秦淮近酒家",傅若金的"燕迷花底巷,鸦散柳阴桥。城下秦淮水,平平自落潮"。单是朱自清笔下"那晃荡着蔷薇色的历史的秦淮河"已让我们迷恋得不知所以然。

我把自己安放在诗文的情思里,载着灵灵的水影的梦,来到了这里,不觉得怪吗?一路走来,这个梦总还是不醒。这静静的、幽幽的水,微泛着淡青色,比周庄的水略浅,比西湖的水相差无几,但色不尽相同,又似乎比其他处水多了些画家描摹之处。来不及多想,一座座水中楼阁映入眼帘,古色古香、精到独特、诗情画意、美亦美幻,一座秦淮人家的小楼平添几缕风情。一艘艘小船缓缓而过,并没有划出喧闹,却把虽为白天的秦淮河衬托得越发安静了,在这份静谧里,一幅历史的画卷徐徐拉开在你的眼里心里。重现六朝古都秦淮之风貌是忘我,是游离,是回溯,又是感动和泪水。

在历史的遗韵里解读秦淮,将会更加厚重、深邃和美丽,我想。

一座座古老的石桥,让涉水而过的你偶尔驻足,细心赏阅两岸美景。青砖小瓦的酒肆,造型奇特,风格不一,最惹人眼目。又想起杜牧的诗:"烟笼寒水月笼沙，夜泊秦淮近酒家。"秦淮两岸，自古以来就是风流才子聚集之地，且看那"金陵春""晚晴楼"等酒肆的名称，就让人想到秦淮之繁华，纸醉金迷之生活境况。《板桥杂记》中所载"秦淮八艳"曾风靡一时，《桃花扇》里的李香君、风骨嶒峻柳如是以及"将军一怒为红颜"的陈圆圆等八位被压迫在社会最底层的妇女。她们的命运与帝王将相紧连在一起，她们身份低微，却表现出崇高的民族气节，她们的艳丽和时代的晦涩形成了反差，让人哀叹、垂泪。美人已去，昔日影踪早已成烟波粉尘，只有一座两层高的砖木结构民居——媚香楼（李香君故居），还弱弱地静立在秦淮河畔，见证着历史的烟云，美人的浅浅足迹。

  刘禹锡的一首《乌衣巷》："旧时王谢堂前燕，飞入寻常百姓家。"使乌衣巷声誉日隆、驰名遐迩。乌衣巷口人们寻觅着王谢堂前的飞燕，领略着两代家族的风流。黑色较方正的"乌衣巷"三字，青瓦白墙，雕镂门窗，小块方砖地面，以及口小腹大，边缘被磨得光滑的乌衣古井，宛若王谢堂前的飞燕，已飞入了寻常百姓家，让人毫无距离之感，温暖、亲和。是历史的演绎，时光的流转，让情感蕴藉在沧海桑田和风雨变迁之间，我们还有什么理由，不去珍惜岁月里的一个个瞬间、一幅幅画面、一幕幕年轮的转换。

  十里秦淮真的是涵盖了很多，科举制度施行的千百年间，中国规模最大的科举考场——江南贡院，也坐落在这里。一侧是红尘之中莺歌燕舞的青楼歌妓，一侧是寒窗苦读一心考取功名的士子，差距之大，让人无能与之并提，但唯一相同之处便是营造了古都之繁华、河畔之盛况。唐伯虎风流才子的身份在我们每人心中定格，也把秦淮河岸的江南贡院推向中国科举之顶，文化渊源绵远悠长。

  中国四大文庙之一的夫子庙，是供奉和祭祀孔子的地方，承载着孔子思想的光辉在秦淮河畔熠熠闪亮，与秦淮河的桨声灯影相映照，在中华思想精髓和文化宝库中绚烂无比。典雅精致的瞻园，也在向人们默默诉说着秦淮的美丽古朴、温婉秀美。

  站在秦淮的街头，抬头仰望，天空如此温情；洗耳倾听，风声如此轻柔；深情呼吸，空气如此怡人。迷离般的梦幻透过历史的烟雨慢慢飘过，一点点明晰，哦，该醒来了吗？旁边走来一娉婷女子，轻点蛾眉长发纤柔，一条淡雅的丝巾，拂过脸颊，隐藏了她含蓄的笑容，这是否就是秦淮的风情？娇柔美丽、风姿绰约，惹人生情！

古街之行与思

我去墨子古街，缘于尧山漂流。谁曾想这古朴典雅、自然恬静、文化气息浓厚的古街竟惹我此次行程最先想起，在激情漂流的简单玩乐之外，生发诸多感动和领悟。

墨子古街在河南省平顶山市鲁山县尧山镇，青山绿水映衬古韵悠然。舟楫横卧，竹篙撑起层层涟漪，慢慢漾开去，宛若少女慢慢掀开遮羞的面纱，露出姣好的面容，一双澄澈的眼眸纯洁晶莹，让人迷恋。古老的水车唱着一首民俗文化之歌，让人不由得追忆往昔，这滚动的车轮曾深深触摸过古代文化的脉搏，传承着华夏文明生生不息的精神之歌。一种感动喷涌而出，是来自"古老"这个词，随之幻化成对脚下这片土地的"厚重"之情。

走进古街，那一盏盏沿街而挂的红灯笼，青黑方砖的路面，低矮的泛白墙面的砖石房屋，街边的木桌木椅木栏，更觉千年回眸只在一瞬间，历经风云变幻、时代变迁，只在此刻还原。墨子，中国历史上唯一一个农民出身的哲学家，曾在此凝眸遥望，捋胡抚腮，创立墨家学说，与儒家并称"显学"。他提出以"兼爱"为核心，以"节用""尚贤"为支点的十大主张，为后世带来深远影响。在这充满智慧灵光的街道里，惠风习习，浸染身心。"兼相爱，交相利""利人乎即为，不利人乎即止""爱人者必见爱也，而恶人者必见恶也"句句箴言，启迪人们去思索，去领悟，去认知，去追随。

来到墨子神像前，只见圣人甩臂而立，手持竹简，神态自若，似俯视苍生，传播智慧，惠施大爱。我抬头远望，天空碧蓝如洗，云朵轻盈飘逸，飞鸟姿态曼妙，一切气息如此祥和。是先贤的护佑，这一方水土便得以福禄万年，也是百姓们追随圣贤思想，仁心仁爱，方得祥云缭绕，康庄大道。神像后面是展开和卷起的竹简，就是这片片竹简谱就了一曲我泱泱大国的中华之魂，闪耀在世界的历史长河里，灿烂久远。

古街还有一特色，就是古街名。当你行于通通连连的街道时，你会看到"兼爱街""非攻街""尚贤街"等以墨子十大主张命名的街道，让你无时无刻不在重温墨家文化的精髓，清醒深知，不惹凡尘。我撑着一把淡蓝色的太阳伞，阳光洒下来，斑驳的蓝色光影，迷迷蒙蒙，似是岁月时光抛掷下来的几许柔情，温婉在古味盎然的街头，心里的感受岂是"美好"可以形容。在这古街头，我已把"爱"植入心中，比如，爱人、爱己、爱人生，爱这原始之情的萌动。

  我依然在这里穿街过巷，只是因为所有的芜杂将在此消却，欢悦将在此疯长。当近处远处都被阵阵香味弥漫时，我的快乐又一波来袭，在美食间忘乎所以。只见一家家店铺门前熙熙攘攘，人们品尝着各色传统小吃，如地烤鸡、蒸笼面、凉粉、冰糖瓦罐等，口味齐全，应有尽有。有的不管不顾，狼吞虎咽；有的细嚼慢咽，品食美味；有的边吃边谈，畅评美食。我再也禁不住他们脸边笑容的诱惑，来到一家"冰糖瓦罐"的门前，只见一口游龙戏凤的古缸口沿边，写着四个大字"民间瓦罐"，我更是迫不及待了，要了一份，赶忙品尝。汤浓而不稠，醇而不厚，红豆香软微甜，食之，口齿留香，其味甚美。我惊叹于这民间小吃的工艺制作，心里连连称赞，喝了个底朝天。这种美味、健康的传统小吃是一种"餐饮"文化，也是地方品牌，随着现代化的冲击，对"洋食品"的追捧，如今逐渐面临窘境。我真的希望无论何时何地都能吃到这般正宗地道的传统小吃。

  墨子古街集美食、休闲、水上娱乐、大型实景演绎、文化课堂、古街书会、品茶论道等多种文化元素和休闲形式为一体，每一环节，每一场景，每一画面都让你体会到墨子文化的无穷魅力，彰显本土文化之美。流连忘返自是不必说，情牵梦绕也难以描摹。

  在鲁山县，还流传着大家所熟知的牛郎织女的传说。"田园牧歌·爱情谷"即为当地开发者在古街内倾情打造的自然山水和传统文化交相辉映的休闲体验型景区。由于时间关系，不能畅游，实为遗憾。但我已随林木遮掩的"爱情谷"之门飞入其间，去体会男耕女织的田园生活；哀婉"纤云弄巧，飞星传恨"的凄美爱情；品悟"两情若是长久时又岂在朝朝暮暮"的爱情真谛。人世浮尘，如若相爱则相惜，相惜则相守，那爱则永恒。有了亘古不变的爱情，那充满离愁别恨的银河也唯美生动，光芒四射。

  "爱情谷"是一个什么地方呢？或许，它可以让相爱却相离的人重燃爱的希望；或许，它可以让苦寻爱情却殊不知爱就在身旁的人彻底顿悟；或许，它可以让历经风雨磨难的爱情更加坚定。带着种种疑问、寄托、思慕，等待下一次的心灵探访。

  就要离别古街了，再度回望那走过的一条条街道，处处都闪耀着墨子思想的灵光，在我的精神世界里不停洗礼，直至纯净、澄澈，让自己惠心纨质，淡然于世！

曲径探幽青龙峡

　　春暖花开时节，看窗外暖阳轻吻花草；听鸟鸣啁啾和婉轻吟；闻泥土芬芳、淡淡花香，蜷居室内，深感怅惘，不忍负了这大好春光。于是，我们收拾行囊，携一双儿女，迫不及待地走近自然，放飞心灵，欲觅得一处高山流水之地，尽享春山有情，溪水有意的纯美心境。我对被誉为"中原第一峡"的青龙峡早已心生向往，便驱车前行，望一览其貌，醉在其间。

　　青龙峡风景区位于河南省焦作市修武县，是河南云台山世界地质公园主要游览区之一，也是目前全省唯一的峡谷型省级风景名胜区，集峰、崖、岭、巅、台、沟、涧、川、瀑、洞等为一体。总面积达108平方公里，由青龙峡、净影峡、影寺盆地、双庙、猕猴谷、马头山和大山脑七大游览区组成，主要景点有100多处。

　　我们的车从山脚盘旋而上，犹如龙蛇飞舞，时而一跃而起，时而舞动身姿。急转弯地带，车子极其用力，也仿佛一不小心就会掉下去。不敢张望，一旁便是万丈悬崖，心中惊惧，着实难言，如此蜿蜒山路，心中自是相信，曲径便通幽，美景定在眼前。

　　走过一段有惊无险的山路，"醉美青龙峡"的字眼终于呈现在眼前，我们乘景区客车，又绕一段同样曲折的山路，才到达崖顶。深呼吸，定气神，铆足劲儿，沿着山路台阶往谷底前行。苍茫人世，一旅行程，有人只走路，有人只看景，岂不知沿途风景无限，偶尔驻足，静赏烂漫华年，则人生最美最幸福之事。我手抚护栏，极力远眺，群山争翠，山岩静享春日和煦，连翘花开遍山野，鹅黄耀眼，这春季里的浪漫，犹如梦幻般，说不出的喜欢之感。远处云雾迷山，朦胧之间，似抚去了山之伟岸，尽显柔美容颜。

到达谷底需 7.5 公里的路程，我谨慎慢行，生怕体力耗尽，无法支撑，但仍倚靠栏杆，蹒跚而行，引来游客，纷纷观望，善意取笑。女儿说："妈妈，我扶你。"儿子说："妈妈，我一点儿不累。"老公说："歇一会儿吧。"家的温情瞬间流淌心间，一切的疲累烟消云散。

约三个小时，方才到达谷底，来不及歇息，泉、潭、瀑、溪已闯入我眼，无法静坐石椅，飞奔向前，看不够的一泉一景，一潭一色，一瀑一姿，一溪一态，真可谓美不胜收。漫步小桥，静倚山峦，轻洒溪水，望瀑飞溅，深感世人对山水之依恋，慨叹山水总赋予诗人以灵感。深呼吸，每一丝空气都香甜、清新，仿佛可以净化尘世间的所有气息。四月天，还有些许凉意，或许，清则静，静则幽，幽则凉，清新和凉意从不曾分离。我不是谢灵运，却沉醉在青山碧水的诗韵里；我不是顾恺之，却徜徉在色彩如绘的世界里；我不是陶渊明，却心系在超然物外的境界里。女儿突然跑来说："妈妈，讨厌的小弟总是抢镜头。"我不觉笑起来。人生难得一场醉，尽享天伦又一醉！

在流连忘返间，不得不返程，我们沿着溶洞前行，这些溶洞地貌奇特，形态各具，使人称奇，令人叫绝，天色渐晚，来不及一一细赏，只望下次再品味这独特的熔岩景观，体力已不支，我们只好乘索道回程。虽有些许遗憾，但也在峡谷上空体会到一种山高、谷深的壮观之美，俯视之间，片刻涌起敬畏自然、热爱自然之心。

青龙峡一行，让我更加相信曲径便能通幽，这美丽的山光水色，幽静的峡谷风情，让我留恋、迷恋、痴恋，投身于自然怀抱物我两忘，也更会让我时时怀恋。身处喧嚣尘世，行于人世炊烟里，能保留一份生命的本真、心境的清明，不污浊于心，抹去人世浮华，境界高远于世间，则是我毕生之心念。

烟波浩渺东钱湖

元代诗人袁士元有诗云:"尽说西湖足胜游,东湖谁信更清幽。"把东钱湖的天然丽色与西子湖的仪态万方相比,那种不刻意、不雕琢、不粉饰的美和放逐心灵的清幽之境,总能带给人一种生生的感动。

你就这样真实地呈现在了我的面前,没有华美的服饰,没有昂贵的装扮,没有显赫的声名,你只是在历史的烟云中静静地守望着风云变幻、星辰辗转。你的真切让我充满着对你无法抗拒的喜欢,还未真正领略你的风采,已被你深深迷恋。

有人说细雨迷蒙中的东钱湖别有一番韵致,我来的恰恰好。试想,碧波万顷的湖面在雨雾氤氲中是何其壮观,我是惊呆了的。郭沫若先生定是被它的浩瀚气势所折服,誉之为"西子风韵,太湖气魄"。浩渺清碧的湖水和银灰色的天空自成一色,给人以豪迈之中的厚重之感。雨水细细地轻落在湖面,用万种柔情来映衬它的宽阔身躯,岂是"妩媚"一词可以形容,伊人含笑,佳期如梦,一幅唯美的爱情画面温婉了诗经辞章。远山静默成一幅水墨,我在想,它是懋质画的吗?那种传统文化造就的美学回归,让人如此青睐。山头岚气缭绕,似真似幻,远处一叶扁舟缓缓驶来,这水便更加灵动。迎着风沐着雨丝站在岸边,一种渺小、微弱之感将会幻化成人世的谦卑,消减着你或多或少的狂傲和不羁,保持着内心的平和和宁静。

青山秀水、风景名胜得以扬名总是和它的文化遗韵、历史故事有着必然的联系。东钱湖在千年的历史粉尘中积淀了丰厚的文化底蕴,让人无限向往和憧憬。泛舟湖上,在曲曲的波和浅浅的影之间去寻觅那一段段烟雨旧梦。仿佛听见一阵笑声从水面传来，或许，是范蠡和西施在幸福地划着小舟。相传他们远离了世事纷争、刀光剑影，隐居在此，制陶养鱼，范蠡著成《养鱼经》，至今为人称赞。范蠡、西施的爱情故事在这里广为流传，为东钱湖的文化绘上了浓墨重彩的一页。

东钱湖位于宁波鄞县，九百多年前，27岁的王安石任鄞县县令，他满怀雄心壮志，安国济民之愿，上任伊始，冒风寒，履冰霜，深入全县调查，写下了《鄞县经游记》，他组织和率领十万民工，清葑草，立湖界，起堤堰，决陂塘，造福农田。在他离任时，挥笔写下《登越州城楼》一诗："越山长青水长白，越人长家山水国。可怜客子无定宅，一梦三年今复北。"充分表达了他对鄞县的留恋之情。

素有"小普陀"之称的水中佛国霞屿禅寺，香烟徐徐，梵音绕梁。在此，人们焚一炷香，祈福许愿，表达自己美好的祝愿。在此，也可以让世俗的身心得到洗涤、净化，抛却"天下熙熙，皆为利来；天下攘攘，皆为利往"的疲累，用一颗澄澈的心修福养生。

雨丝时不时地飘过脸庞，湖面的风似乎带来古时的气息。再度展望这一湖流淌千年的碧水，你的脉搏里跳动着古代文化的生息，你的生命里蕴藏着冲刷不掉的历史印记。面对你的浩渺，你的质朴，你的厚重，我只有赞叹和深深地回望。

如果西湖的柔情打动了你，那东钱湖的气魄一定会让你震撼。如今的西湖在现代文明的熏陶中全然失去了素雅淡妆的脱俗和清丽，而东钱湖除了一以贯之的天然清幽、淳朴自然，又在时代的变迁中平添了几多风韵。

就要离开了，东钱湖用她宽厚的手掌与我挥别，笑容依然是那样地朴实亲切，而我心中充满了失落，为这幻灭的梦和即将消逝的影……

牡丹国色

四月的季节，桃红李白，樱花烂漫，油菜花朵金灿灿，郁金香羞答答地开满花园。牡丹也灼灼开放了起来，如此雍容典雅、富丽端庄、娇媚绚丽、仪态万方，让我们不由得为之动容，总会想到刘禹锡的诗句："唯有牡丹真国色，花开时节动京城。"

本不那么喜欢牡丹，因为它总被人与富贵相连。周敦颐的《爱莲说》中写到"牡丹，花之富贵者也"，在我心中，它的荣华、浮华品质根深蒂固。老公送我一枚带牡丹花的戒指，一直不愿意戴，总觉它太贵气、太俗气。记不得何时，牡丹花入了我的眼，从此便深爱不已。

想必，大多数人都有过人云亦云的排斥，然后到众口一词的喜欢。不然，怎会有诸多游客，在同一时期不约而同地挤进洛阳城，恨不得一步踏进牡丹园，览尽美色、嗅尽清香，与它们一起相拥而眠，静享花好月圆。

著名作家张抗抗说过："没有看过洛阳的牡丹，就不算看过牡丹。"欧阳修诗云："洛阳地脉花最宜，牡丹尤为天下奇。"洛阳和牡丹的不解之缘源于一个神话传说：武则天命百花天寒地冻之时开放，没想到，狂风呼啸、滴水成冰，众花依然绽开了五颜六色的花蕾，只有牡丹，违抗旨意，连绿叶都不曾有，武则天一气之下，把牡丹贬到洛阳，不曾想，牡丹刚到洛阳便开出美丽的花朵。牡丹的风骨被后人赞颂，洛阳牡丹也千年盛久不衰，越开越美。

人们爱洛阳牡丹抑或是因之傲骨正气，抑或是传说美名，抑或是美的相异，不得而知。

当我走进中国国花园，那一袭素白、一抹嫣红、一点淡黄、一片姚紫、一段豆绿，在阳光的照射下，透出撒金般的五颜六色，好似舞台艳丽的服饰，表演未始，已惹人眼眸，摄人心魄了。那硕大的花冠，几显富贵之气，仿佛唐代丰腴的女子，脖颈微露、韵味十足。李白有诗云："名花倾国两相欢，长得君王带笑看。"或许就此而言。鹅黄的花蕊与每一片色彩都相得益彰、恰到好处，那种和谐的美，让你觉得美的极致就是相融、相映、相托，在外部形态的延展下，才如此地精美绝伦，给人以享受和愉悦之感。

清风摇曳，花枝微颤，仿佛稍大的摆动，就承载不了倾其所有，开到忘我的花苞。牡丹的确是值得赞美的，它从不为谁开，为谁败，只为自己一生绚烂，不保留、不造作、不媚俗、不屈尊，一次华美的绽放，便俘获世人的心。在大唐盛世，全国上下无不为之倾倒，牡丹花季成了狂欢节。在历代名画及工艺美术品中，牡丹常被艺术家选为题材，栩栩如生的花朵，让人赞叹不已。

在牡丹丛中漫步，无论你怎么装点、修饰，尽可能地与它相配，你都已经做了它的配角。或许你惊异、犹疑，但你最终都以那份真诚和欢欣为它的美映衬，为它的美铺染，这就是一种美的感染力和震慑力，我们只能叹服与折服。

喜欢洛阳城那句广告语"千年帝都神韵，满城国色天香"，喜欢那中国红的牡丹灯，偌大的城内处处充溢着花香，处处都有牡丹的表象。是否我变得在意心中所想，是否我变得如牡丹一样，只为自己而追逐，而绽放。

《牡丹亭》是中国极有名的昆曲之一，汤显祖用来描摹、比拟杜丽娘的众多名花中，牡丹最占风光，足见牡丹意象在剧作中有着特殊的地位和价值。牡丹是我国的国花，是我们兴旺发达、美好幸福的象征。牡丹被人们称之为"百花之王"，在中国历史文化中，牡丹的地位一直居于百花之上。不消说，它更多的是高贵、气度、风骨。如果一种美，让你心生敬仰、渴慕、期许，是否就美得不俗不腻、淡雅从容、历久弥坚。

又是一年牡丹开，国色天香待卿来。

旅途中的感动

旅行的意义不仅仅在于看过山川名岳、旖旎风光后的心境；走过艰难跋涉、终达目标的欣喜；读过多元世界文化的阔达，还在于途中我们遇到的千差万别的人给我们带来的不同，让我们或惊异，或唾弃，或感动，总之难忘。一个土家小伙导游，让我在这个旅行季又一次想起，是因为感动。

去年十月，与友同行，参团张家界和凤凰古城五日游。参团的缺点是紧张，不够自由，但对于大多数女人来讲，省得不记路，风景未看，人倒丢了，我也是这大多数女人之一。

一夜舟车劳顿，早晨五点钟左右方才快要到达张家界，我们伸着蜷缩的腰，慢睁着因睡眠状态不好而惺忪的眼，打着哈欠，好想把一晚的劳累全部打掉。这时，一个浑厚的略带少数民族口音的男中音传来："大家好，我是小韩，土家人，在旅游公司上班，兼职导游。"我们困意全消，只见一个中等身材，戴着眼镜，朴实，一脸真诚的小伙子立于我们面前，我们也颇有好感地认同了这个帅气的土家小韩导游。

张家界是中国最重要的旅游城市之一，一眼望去，重峦叠嶂、千峰万壑、形状各异、美不胜收。你会觉得大自然是不是把所有的山都造就在了这里，并且挖空心思赋予它们以形态，以气势，以奇崛，以瑰丽。我们难免放下脚步，这样，小韩导游就站在那里等待落下的游客，一遍又一遍讲解，丝毫没有疲惫之感，实在无奈，需赶时间，才说："大家跟紧我，别掉了队，等会儿有大家自由的时间。"只听得旁边导游催促游客"快走，快走"。差距很大。是因为良好的素质，还是因为对导游职业的热爱，抑或是一种职业操守，让他如此，我想兼而有之吧！

偶尔闲下来的时候，他会面带微笑地用他那土家人式的普通话，给我们讲土家文化、土家习俗，让我们听得津津有味。就连同行的漂亮姑娘也"几乎""爱"上了这土家小伙，老是说："走了，想你怎么办？"他憨憨一笑，拘谨不安起来。

旅行社有时难免会让游客逛一些购物店，一则促进旅行社收益，一则带动地方经济，同时，众人皆知，导游也会有些奖金和提成。但他从不过多地给我们讲解物品的功效、益处、价值。进了玉石的一家，他反倒说："不太了解的东西尽量不要买，以免上当受骗。"这个"傻傻的"小韩导游，可真是与众不同啊，但在我们心里却有一种说不出的感动。进了丝绸店，我们在挑选围巾，他也给女友认真挑选了一条。朋友让他参考，他帮朋友挑选了一条白底淡蓝色的围巾，把朋友稍微暗淡的皮肤瞬间衬托得透亮健康，煞是好看。他帮我挑选了一条橘黄色的方形围巾，说我适合颜色艳点的，镜子里的自己确实时尚很多，亮丽很多。小韩导游不愧是大学生啊，品位也很高。只是我的围巾回到家里便被别人要走了，都是"好看"惹的啊！

我们的旅行将要临近最后一站——美丽的凤凰古城。窗外夜色很浓，星光闪烁，灯火依然辉煌，一切好似并没因将要到来的古朴美丽的凤凰古城而有所不同，但却因小韩导游的一个故事、一首歌而让这夜色变得凄美、神秘。只见小韩导游慢慢站起，话语时而舒缓，时而凝重，为我们倾情讲述了凤凰古城背后一个关于蛊毒的爱情故事。一个痴情女子宁肯孤独终老，也不忍把蛊毒放在舍她而去的心爱的男人身上，情感的纠结，爱恨的交织，把苗家女子一生追求纯贞爱情的信念呈现给了我们，让我们不由满车沉寂，一片肃然。故事讲完，小韩导游唱起了这个凄婉哀伤的爱情故事歌曲，没有伴奏，没有耳麦，没有舞台，他的声音却似从遥远的爱情国度传来，直抵人的心灵，让我潸然泪下，在这美丽的夜色里，内心却久久不能平静。我无法相信，站在我们面前的仅仅是一个导游，他更像是净化人类心灵的使者，那样圣洁、美丽。

这次旅行，小韩导游带给了我心灵的安静和超脱，带给了我生命的感动和思索，这将是我人生中一笔非常珍贵的财富，我会珍惜，亦会难忘！

寻梦凤凰古城

一直以来，我有一个梦，寻一座美丽幽静的小城，过着日出而作，日落而息的生活。带着这个梦，来到了向往、迷恋已久的凤凰古城。

在人们和城市都已经熟睡的午夜时分，我们才来到她的身边，不顾一路坐车的劳累，赶忙去欣赏古城的夜色。当我们走过一段向下的台阶，穿过一条狭窄的小道，眼前豁然开朗，一幅灯光影像交映的画面呈现在面前，俨然一个具有时代气息、浪漫气息的桃源世界。我惊呆了。只听得身旁一个小朋友用重重的语气说了声："漂亮！"此时，真的希望自己有好多双眼睛，才能把这美色尽收眼底。

沿着石砖砌的小路向前行走，十月的风在沱江水的陪伴下，吹到身上凉凉的。放眼望去塔桥好似一道长虹上建造着楼阁殿宇，气宇轩昂，加上各色灯光的渲染，美丽十足，仿佛一个空中的童话王国。走上塔顶，更像在彩虹里徜徉，飘然欲仙，身心荡漾，感慨颇多。

造型不一的吊脚楼，一座挨一座，但它们不同之中有一个共同点：既古朴典雅又融合了时尚元素；既有艺术风味又有别墅风貌。羡慕苗家人可以安然舒心地居住于此，享受至极。吊脚楼边城墙被灯光装饰起来，像一座发光的长城，起伏不平，逶迤秀丽，就连岸边的一条条石椅，都发着璀璨的光。

从远处看到江水里的长廊，江水好似一排珠帘，从长廊两边垂下来，溅出阵阵水花，白花花、亮晶晶的。我飞跑着跳跃着上前，掬一捧水珍珠在手里，让它慢慢落下，汇入江水里，心里涌起一阵阵感动，好美的水珍珠，好美的沱江水，歌你赞你都不能尽兴。漫步长廊，江水中央凉凉的风吹动发际，用手轻轻掠过，深呼吸，空气如此香甜淳美，如若时间能定格在这里，此生将永不离开。江水里灯火点点飘向远方，那是放河灯，点亮它，许下美好的心愿定能实现，很多苗家少男少女会点亮它，祈盼海誓山盟的爱情。

在这样的夜色里，苗家人谈爱情、谈偶遇，抑或环境使然。夜之情，水之恋，静无语，意绵绵。沿街而立的茶肆酒吧，偶遇指数也很高。帅气的苗家小伙想遇上美丽的姑娘，便到酒吧里安静的角落坐下，听着音乐，品着美酒，等待着那心爱的姑娘。姑娘娇羞，稍藏一时，便会来到他的面前。一个名字为"梧桐树"的酒吧名字吸引了我，门口摆放着花花草草，装饰一新，灯光也较柔和，气氛温馨，情调雅致。连名字都如此诗意浪漫的酒吧，怎会不上演一幕幕偶遇剧、爱情剧。

不觉间，时间已太晚，同行催促，只好离开。那边长椅上还有人在那儿发呆。是啊，面对着沱江水，静静地坐在那儿，看看这个小城，忧愁少了，欢乐多了；遗憾少了，无悔多了；纠结少了，释怀多了。红尘一笑，安然走过。

人们说梦是有缘由的，美丽的凤凰古城，或许前生你已在我心里放置许久幻化成了今生我的梦，来世，我将在你的梦里幸福前行，相依相伴共一生。

感悟建业文化
——建业鄢陵一行所感所悟

河南建业集团有限公司，是香港建业住宅集团有限公司于 1992 年 5 月在国内创办的独资企业，以房地产开发经营为主业，并成功涉足教育、体育、文化等相关产业领域的集团化企业。

河南建业入驻鹿邑，因早有耳闻其集团的建筑风格、经营理念、管理模式，故对此特别关注。有幸随建业团队一起共赴许昌鄢陵的建筑基地参观考察，感触颇深的是建业集团的文化底蕴、文化氛围、文化精神！

在社会日益发展的今天，很多人缺的不是锦衣玉食，不是琼楼玉宇，而是精神的富有，生活境界的提升。好的居住环境，可以让人卸去一天工作的劳累，独享一份家的安恬，更多的是精神的愉悦、情操的陶冶、心境的升华。那么，什么是好的生活环境呢？不是豪华气派，不是富丽堂皇，而是在清新、静幽、醇美的生态化环境之外，融入一些文化气息，让人高雅脱俗，境界高远于世间，这无疑是一种至极的人生追求。这一点，建业做到了，且做得很多企业无法与之匹敌。

走近生态新城，门前是潺潺的流水，泛着微微的波纹，可直视水底细石，一叶任意东西的小舟，轻轻摇曳着，更不用说那些美丽的花草绿树了，俨然一幅纯美的写意图画，你会觉得是不是在游历山水的途中。这是人文景观中的自然美，此意境，与企业文化是分不开的。

文化气息更浓的是进入新城之内后，映入眼帘的一幅幅字画，仔细端详，你会陶醉于任意一幅，均是上作。摆放的摄影作品，也让我久久蠹立其间，不愿离开。试想，在这样的环境里居住，怎能不让人更加热爱生活，艺术的魅力带给人的享受是任何物质所不能超越的。

走在一座设计精巧、秀美的小桥上，我是惊呆了的，桥栏两边全是淡紫色的薰衣草，薰衣草里有一个浪漫的故事，把它放在这里，也是希望能给业主带来些浪漫气氛，与之同时，也说明建业集团对文化内涵的注重。

踏着一尘不染的中间通道，朵朵桃花灼灼开放，白的清雅，红的妩媚，馨香渺远。见她笑意盈盈，才敢上前与她合影，还生怕扰了她的安静。桃花就是三月的一首诗，把自己安放在了建业的文化中。

在他们装饰过的房间里，你更能体会到它的与众不同，底色的古朴厚重，本身就具备很浓的文化气息，又加上各个房间的字画，造型考究的书架，摆满书籍、瓷器、雕塑、笔墨等，卧室墙壁上还挂有服饰文化，谁会想象在这样墨香浸染、书香四溢的家里，会走出凡夫俗子、一介庸人。

来到地中海小镇，绿绿的草坪里设有木马，最引人注意的是规则不一的木架上写有："地中海小镇，一首蓝色的诗歌，纯美自然，美得绝唱，就像我蓝眼睛的爱人。"多么美的一首诗，仿佛置身于童话王国。

更没有想到的是，每幢房子门口的拐角全是圆形的，是为让业主们明白，和邻居搞好关系，不要有棱有角，要圆融、友好。建业集团就是这样事无巨细，大大小小，各个方面，都蕴含着丰富的文化，让人无不为之赞叹！

建业集团为何有如此丰厚的文化底蕴，浓烈的文化氛围，是与他们集团一直传承的文化精神分不开的。

胡葆森董事长，现年61岁，河南濮阳人，他有浓厚的故乡情结。他创立河南建业集团的初衷，就是以改善河南百姓的生活环境，提高河南百姓的生活质量为根本。因此建业集团只在河南发展，规划业务范围，从省级城市一直到乡镇，他们的承诺是让河南百姓住上建业的房子，能享受到建业的优质服务。61岁的他，家有一女，为大学教授，也从不希望继承产业，也从不依靠父亲，他对金钱又何所求呢？只想把毕生的心血献于社会、服务百姓，利润对他来说难道会很重要吗？就这点，我们从建业足球开始说起。

建业足球，二十余年从没转换企业，试问培养一个足球运动员需要多少钱？养活一支足球队又需要多少钱？当一些企业养活不起一支足球队，又不想拖累自己，就会转换企业。但建业集团依然投入大量资金，弥补亏损，只希望中国足球事业有所发展，这种无私奉献社会的崇高精神，是一些企业家所不能比的，也是只顾自身享受，没有慈善心怀的一些富人所不能比的。

除此之外，建业集团还在河南中心的鄢陵建设绿色生产基地，以使全河南的百姓都能吃上无污染、无公害的绿色蔬菜瓜果。这也是建业集团转型的第一步，当全河南被建业集团所覆盖，人们不再需要住房的时候，建业集团只想为百姓的生活提供优质的服务，给百姓一种舒适、健康的生活，建业集团将以这种文化精神传承下去。

一个人的价值，是如何体现的？不是你多么有钱，而是你的钱用在了哪里；不是你拥有多少，而是你为社会奉献多少；不是你如今有多少人追捧，而是多年之后，有多少人记得你的名字。胡葆森董事长的精神，我想不仅感动了我，而且也会感动每一个人。

此次行程，我深为建业文化底蕴、文化氛围所打动，更为建业文化精神所震撼。建业集团为我们诠释了什么是生活的真实意义，那就是奉献。愿建业集团越走越好，争创更大辉煌！

第三章 在这片故土低吟浅唱

千古圣地太清宫

洋洋洒洒五千言，千古经典《道德经》。有幸生于老子故里，圣言常伴耳边。"无为而治、上善若水、道法自然、天人合一……"字字句句，境界高远，净手掩卷，百读百思，其博大精深，仍勿敢妄断。或许是耳濡目染，我的思想竟顺从了老子"为而不争"的思想主张。虽已多次游览太清宫，但依然与友相约，再度重游，去感受老子文化精髓。

太清宫镇旧名厉乡曲仁里，是道教鼻祖老子的诞生地。东汉延熹八年（公元165年），桓帝刘志派中常侍管霸前来创建始名老子庙，唐朝开国皇帝李渊追认老子为始祖，以老子庙为太庙，起建宫阙殿宇，唐开元三十年（公元725年），唐玄宗李隆基正式改"紫极宫"为"太清宫"，延续至今，自"靖康之乱"后，太清宫屡遭破坏，后又数度重修。

当"太清宫"三个大字的匾额屹立在我面前时，只感觉一道圣光普照全身，上下几千年，思绪翻飞，随圣人前行。只见宫内建筑井然有序、楼阁殿宇、金碧辉煌、气势威严。中间通道渺远宽阔，两边桂树，绿意葱茏、淡香袭人。在神清气爽间，感受老子文化氛围，如沐仙风，心生激荡，敬重之心着实难言。

太清宫称前宫，洞霄宫称后宫，前宫祀老子，后宫祀李母。我们沿东侧而行，游览前宫，巍峨高大的宋碑，带着它的沧桑印记，千年不倒，依然挺立，等待着人们为它见证历史的奇迹。此碑为公元1014年，宋真宗赵恒来朝拜老子，立下的；并列可见唐碑，半圆形碑首，首身一石，碑文为唐玄宗李隆基所作，隶书字体，日深月久，字迹已有磨损，斑白点点。我素有怀旧情怀，如此古迹，让我有穿越的欲望，曾几回梦回大唐，速身变成一长发插簪、阔袖长裙、手持素扇、慢步轻行的女子，其感受妙不择言。

　　无限遐想间，来到了日月灵溪池，一日一月，集天地之灵气。传说老子出生时，九条龙同时涌动喷水，预示着圣人的降世，真龙的降生。刚出生的老子就在灵溪池中洗浴，水温清随人意。到清朝时仅剩一井，就是如今的望月井，每年的农历八月十五，风清月圆之时，天上一轮明月正投影于望月井中央，正应了"天上月是水中月"的古诗意境，用古钱投入，即时能听到蝉鸣声。如今虽剩一井，因有人们心中老君爷的保佑，我们这儿一直风调雨顺，百姓粮谷满仓，即使遇旱祈祷于此，取水也往往有验。万般感动一瞬间，泪水喷涌而出。看老子神像，慈善温和、美髯拂胸，蔼然的目光充溢着智慧，正普度众生，惠施大爱。我上前拈香跪拜。苍茫人世，你为世人修得博爱胸怀，圣洁之花开遍心灵；你用你的智慧启迪世人，人生之行何为重，人生之路怎启程。祈愿世间爱同日月久长，共天地永远。

　　老子思想核心为"道"，他说："道生一，一生二，二生三，三生万物。"又讲求阴阳的和谐与统一。太极殿，即老子诞生处，民国时一位县长在此立下一碑，字迹清晰可见。殿门前有两株丹桂古柏，相传为老子亲手所植，距今已有2500多年的历史了，一株为阴，一株为阳。东面为阳，高大挺拔、孔武有力，西面为阴，杨柳细腰、婀娜多姿，纹理也恰好相反。两株树显然为一对夫妻，互相吸引，你中有我，我中有你。亘古不变的爱情大致如此。谁说爱情不会有地老天荒？谁说今生之爱，来世难寻？几千年的风雨兼程，他们依然痴心不改，相依相伴。我走到他们身边，让自己靠他们近一些，希望经年赋予他们的灵性能传遍我全身，让我此生拥有千古不变的真情，来世依然有幸福的笑脸相迎。

　　穿过一道长廊，回首望去"聚仙廊"，顾名思义，仙人会聚之地。两边，一边植有桃树，一边植有李树，寓意老子桃李满天下，文化思想源远流长，受世人景仰。自汉桓帝后，唐、宋、金、元、清等的八位帝王都来拜谒老子。唐朝帝王对老子更是尊崇有加，尊老子为圣祖，唐高宗李治追封老子为"太上玄元皇帝"。到武则天光宅元年（公元684年）又册封老子母亲为"先天太后"。

　　涉过"金水河"，就到了后宫，朋友说快去看看宋真宗亲自撰文的"先天太后之赞碑"，俗称三御碑。碑身形体高大、气势恢宏。据国内宋史专家说，国内仅存四块较大的宋碑，而此碑为最大，它的内容价值、历史价值及书法价值都非常之高。感叹之余,朋友说绕太后之墓三周,无病无灾。体弱多病的我常深受病痛折磨,尤以头痛为最难熬,每每此时,世间还有什么美好,无力无语,只等待命运的判决。有时,我也会想,疼痛能给我带来的是无力、无望、无奈还是不曾有的明天,坚强的心也会瞬间被击垮,所以没有疼痛时,我尽量让自己活得舒心、阳光,有美的追求、淡定从容的态度。听到朋友的话,我像寻到了灵丹妙药,一步一步,慢慢认真走过,生怕哪一步走得不够虔诚,医治无效。三周走过,似乎看到了明媚的阳光,鲜花盛开的小路,笑颜如花与风赛跑的我。未来,美好的未来,与我相邀,共话千年之恋,情语绵长。

我们从西侧返程,穿过竹林,沿着度缘仙桥,手扶栏杆,随桥身荡漾着,摇摇摆摆缓慢通过。笑声飞扬,与水相和,心里唱着一首欢快的歌。

离别太清宫,方才感觉,好似是来参加老子文化思想的一场盛宴,宴会华美、食丰味全、香醇可口,客人亦酒醉饭饱、美味尽享、回味无穷。此生我将以老子思想修心灵,与爱相拥,走过人生。时光无情,将掩埋掉所有的繁华,一切终将成旧梦。但老子思想将会在历史长河中,千年、万年永远闪耀着璀璨的光芒!

道教圣地明道宫

明道宫位于鹿邑县城东北隅,是老子聚徒讲学,传播天下大道之地。唐名"紫极宫",北宋大中祥符七年,即公元1014年,宋真宗赵恒来鹿邑朝拜老子,提笔挥毫写下"明道宫"三字,即彰显道理、真理的地方。

雄伟壮观、气势威严的众妙之门牌坊守卫在宫门前,总能让人震撼。语自《道德经》"玄之又玄,众妙之门",意即幽深之极,所有道理和一切变化之根本。每每走到此处,我总会双目凝视,任风吹乱发际,也不顺手抚下,似站立于天涯,放飞心灵与之对话,渴盼能解人生之理,道德之本。

如此痴傻模样,惹得游人惊异目光,赶忙离开。登上弯弓形升仙桥,放眼望去,两旁湖水,一池碧波,相互萦绕,偶有飞鸟掠过,触动点点水波,美丽湖色,水光潋滟。老子思想"上善若水",此景最好。

"一片绿波飞白鹭,半空紫气下青牛"。此为宫门前楹联,把美丽神圣的明道宫融会于此诗句中。进得宫内,只见长长的鼎炉内,香火缭绕,游人大多在此叩拜、祈福,即使小雨天气,香火仍然鼎盛不断。2004年,明道宫重建,放置了两块石头,一块形状不规则,黑白相间,刻有"道"字;另一块正方略圆形,刻有"为而不争",尽显老子道教"为而不争"思想。其间,各个宫殿也都有整修,但仍古老厚重,不失其原貌。玄元殿前三层白玉栏杆台阶是八卦台,殿里老子神像,手执如意,安详从容。玄元,即老子博大精深的思想从这里产生、孕育并发扬光大,唐高宗李渊追封老子为"太上玄元皇帝",故名"玄元殿"。

不知从哪里传言,享殿内有一女道长长期饮生水,食生食。心生好奇,便要上前问个究竟。只见她手捻佛珠，闭目诵经，不忍打扰，本想离开，朋友已与她招呼，我便问及道长心中不解，道长一一回答，解我诸多谜团。世间哪个女子不爱美丽容颜？哪个女子不喜绚烂青春？道长此生修行，为学讲道，为世人祈福，我深为感动，心想："红尘之中，清冷寡欢，多愁感伤的我能否得一道您的符语，贴于眉间，此生犹似梦一场，转眼春水长长解忧伤，杨柳依依别清愁。"此时，竟想占卜命运，随意拿起一枚转经筒里的竹签，签文显示：第十一签，上中签。其中几句：五湖四海只管去，想做百事不作难，本身大吉，出行平安。谨慎折好签文，放入包中，心中一片坦然。离别道长，她目送我们前行，转身又开始闭目诵经。

出得殿门，便见老君台突兀挺立，古味盎然，加之对老君台历史的了解，心中自然生出敬意。老君台，又名升仙台或拜仙台，相传老子修道成仙于此处飞升，因而得名。台高13米，全台以古式大砖堆砌，山门下青石台阶共三十二层，加上正殿前一层，恰为三十三层，三十三上青天，正符合老子升三十三层青天之说。拾级缓慢而上，心中暗数，深感一层台阶便有一种境界，逐步登高，亦逐步提升，到达最高层，如入仙境，飘飘然如徜徉于青天云雾之中，俯视大地，渺远茫然，如若相距千万里，相离千万年，顿然心生爱怜。

登上老君台山门，台上环筑70厘米高的围墙，形与城墙相似。有正殿三间，东西配殿各一间，殿门檐下东西各嵌一碑，上书"道德真源""犹龙遗迹"。老子思想核心为"道"，指此处为天下道德之真正发源地，"犹龙"喻指老子。殿左前方有铁柱一根，古色默然，传为老子"赶山鞭"，老子做"柱下史"时，周天子所赐，现已成为道教的象征。

在老君台上还放着4发炮弹，1938年，侵华日军攻打鹿邑县城，对老君台进行炮击，共打13发炮弹，无一发爆炸，这些炮弹是当年的哑弹。东面墙上虽已多次整修，仍有炮弹击中的坑印，其中之谜无人能解。《道德经》有言"夫慈，以战则胜，已守则固"，正所谓"仁者无敌"。日本对中国发动的战争是无道之举，中国人抗日是坚持正义，是慈爱的守卫战争，因此正义无敌，慈爱必胜。泱泱大国，天下仁者，岂不胜利？

1983年，梅川太郎怀着一颗忏悔的心来到鹿邑，在老君台下立下"谢罪碑"，但鹿邑人民仍以其博大胸怀，把此碑改为"和平碑"，表明鹿邑人民对和平的热爱和向往。面对和平碑，我默默祈祷，愿战争之火永熄，血腥之味永除，世界大家庭，人民乐无穷，心若在桃源，情系天下间。

为弘扬国学经典文化，推进老学研究，宫内还建有藏经阁，这里展出的老学书籍有一千多册（种），以期能为阅览者开阔视野，一睹老学研究之盛况。四周墙壁贴有各级领导、学者来此观光考察的照片，可见对老子文化之重视。

如若友人间莫说离别，只言"再见"，这场跨越时空的心灵之旅没有终点，我依然会再次前来沐浴老子道德之光，为未来生活积蓄能量！

千年白果树

白果树，又称银杏树，属银杏科落叶乔木类。

在美丽的老子故里——我的家乡，有一棵千年白果树。据传，此树为东汉光武帝刘秀命洛阳令董宣所植，现仍郁郁葱葱、枝繁叶茂。树高50米，周长为9.5米，荫影盖地60平方米，5个成人环环相扣方能抱严树身，实为树中之王。老子故里，道德真源、道教祖庭、李姓之根，此树已成鹿邑著名旅游景点。

心中向往，便不问季节，我驱车赶赴白果树已值冬日，是观赏古树，亦是与友游玩，放松心情。

进得院内，冬日的白果树，高大挺拔，古树参天的模样，更让你感受到生命的力量。粗壮的树干，黝黑厚重的纹理诉说着千秋万载、日月更迭。盘曲嶙峋的枝干，错综交杂，因叶片落尽，突兀挺立，四面延伸，更显其勃勃生机。人们方才领悟，苍翠欲滴、华美炫目的叶片下面，涌动着默默的生命，沉静之美岂是浮华之美能比。我静默着，用眼底的真诚给予它赞扬，用内心的波澜言表无上的感动。

仰视之间，我惊奇地发现，竟有贪恋枝头的白果挂于树间，青色蒙白，似银霜不忍覆盖，却又担忧青色耀眼，被人采摘。两千余年的古树结下的果实，比《西游记》里唤名草还丹的人参果，又如何？

在树的旁边修有一座亭子，是为罩住突出地面的一段龙形树根。在树根头部，人们塑造了红色的眼睛，望去，如青龙昂首欲腾飞。在它的周围生长出庞大的根系，蜿蜒盘旋、龙蟠虬结。据村民反映，有的根竟能延伸到一公里之处，发达之状，可以想象。

冬日的阳光，从树枝的缝隙间照射到我的脸上，似日月精华在我眉间流淌，千年暖意在我心中释放。闭目间，又想起相传孔子拜见老子"十里相迎""十里相送"的场面，古树传情，其温暖自是难言。千年古树，自有灵气，人们常在树下，祈盼世事随心所愿。一条条红色许愿带迎风飘扬，预示一个个愿望随着古树启航，直达美好未来的方向。朋友说："你善忧愁、感伤，也许个愿吧。"我在门口老人那里挑拣一条符合我意的丝带，写上名字，系在树旁，放飞梦想，心也随之飞翔。转眼已是理想王国，异彩纷呈；童话世界、美轮美奂。坐拥梦想，幸福尽享。

桥的南侧塑一白马，活灵活现。据说，它是大唐英雄罗成骑过的白龙马。在树干处，有一很深的印槽，便是拴马缰绳留下的痕迹。这里曾是李世民、魏征、鲁明星、罗成等十八弟兄的习武场。不大的院落，见证多少英雄的足迹；穿越时空的千年古树，又经历了多少风起云涌的时代。面对古树，不禁感叹：你以旺盛的生命力，静观风雨，世事变迁，强大的内心，令人震撼。只愿修得同你般坚忍顽强、无坚不摧。

白果树的药用价值也很高，食用果实，令身体强健、精力充沛。叶子对治疗高血压、冠心病、头晕目眩都有很好的疗效。据说，曹操患头疼病，求医华佗，华佗采取白果叶，调理炮制，交于曹操服用，效果显著。曹操特赶到古树下，但见神树一棵，植在河泊，吩咐手下备香，亲自点燃叩拜，并尊为神树，华佗为医圣，从此白果树前香客不断。

冬日的白果树，虽没有葱意笼笼、满身金甲的叶片，让人一见倾心，赞之"曰美"，但在冬日贫瘠荒芜的土地里，依然茁壮挺立，不惧风雨的生命力，更是一种顽强的美。千年古树，岁月轮回里刻下你经年的印记，日月丽天中映照你美丽的容颜，赞美你又怎能尽然？

栾台遗址

商代古栾国的首领栾相王，爱民如子，受万民景仰。但在位期间，灾害频至、民不聊生，他就开仓放粮，救百姓于水火，却被权奸诬陷，于当年四月八日被杀。当地群众为感谢他的救命之恩，怀念他的功德，就在栾台旁建寺祷祝，称栾相寺。该寺就在鹿邑城东南王皮溜镇普大庄，这就是栾台遗址所在之地。

远望这一高 5 米的方形土台，不禁油生敬意。五千年的世事变迁，朝暮更迭，足以改变世界、改变天地，而你却以岿然不动的身躯，擎立于历史的风雨尘沙中。古老厚重的底色与四周麦田、附近村落相互映衬，只一眼，便已梦回千年，此中之我，自比陶渊明又如何？

踏着台阶，登上高台，只见大殿三间，店内设置有神像、植有松柏、两座石碑、几尊半人高香炉、几面红旗迎风飘扬。今日栾台虽不比过去庄严肃穆景象，但人们心中世代相传的恩情永不忘。每到农历二月初八这天（原是四月八日，为减少会期踏坏麦子，改之），人们都会来此祭拜栾相王，并祈福纳祥，这就是延续至今的春会。

春会这天，人们总会相约而行，早早来到这里赶这场盛会。会期五天，会上商贾云集，各种商品，琳琅满目，应有尽有，让人目不暇接。群众自发组织的大型古装戏也好戏连台、观者如云。会上人们熙熙攘攘、热闹非凡。如今，每月的三、六、九日，也有集会。看来，我们来得不巧，心里自是遗憾。

站在 7000 多平方米的高台上，每一片松叶、每一块砖石、每一丝空气、每一粒尘埃，都让我敬重。我站在那里久久不动，总是爱动感情的我，需要平息一下此时的心情。

当我回过神时，朋友已站在土台的边缘说："你看这土，像悬于空中，却不脱落。"我走近细看，黑中泛黄的土层，时不时有几个小洞，上面野草丛生，沧桑中带着坚实，似经千锤百炼而成，在向我们平静地诉说着它久远的故事。

据考古学家调查考证，栾台是龙山文化、岳石文化，整个商代直至周时战国早期的文化遗存和文化堆积，是一座古文化遗址，人们从大汶口晚期到战国初期，一直在这里生活。文化内涵丰富，具有极高的历史和学术价值。

看着这无数先民曾经生活的土台，脑海里浮现一幅幅或草叶遮身或挽发插簪或长衫登履的画面。多么想揭开你一层层神秘的文化面纱，同最早生活于此的有虞氏部落一起见证历史的印迹，看一看利贞母子逃难时食用的木子果是如何鲜美。

也有传言说，梁山伯和祝英台曾在此读书，那么，那两只美丽的蝴蝶，又飞去了何方？我极力地寻觅着每一只相像的身影。自古人间情难逃、爱难收，红尘清欢几人得，化蝶相守痴痴乐。

几个孩子在这里蹦跳着。哦，周末的这里也是孩子们玩乐的地方，尤其是那一层层台阶，爬上爬下，比赛着速度，成了他们天然的游乐场。清新的空气，混合着自然的汗渍气息，一张张热得红扑扑的脸蛋，有种让人说不出的健康味道，城里的孩子岂能感受得到。"格子式"的生活，"格子式"的游乐，背离了自然，也禁锢了快乐。

临行时，再度回望，这万亩良顷之间的高台，依然让人神往，飘扬的红旗与我们挥别，我看到的是希望。栾台遗址，你的建设还在路上，相信你的明天会更美好，我一定会再度前往。

虞姬墓抒怀

"力拔山兮气盖世,时不利兮骓不逝。骓不逝兮可奈何!虞兮虞兮奈若何!"一首《垓下歌》,道不尽末路英雄情贯山河,吟不尽西楚霸王挚爱离歌。绝代风华、血染芳草、生死不渝、情动天地。《霸王别姬》这段凄婉悲壮的爱情故事,历代被后人传唱,为中国古典爱情篇章绘上了浓墨重彩的一页。继而每当提起虞姬的形象,总让我心生敬重之意、敬仰之情,虞姬的香消玉殒也让我深为惋惜、悲痛。

鹿邑城东一公里处的小洪洼行政村下辖的郭庄村,即为项羽含泪埋葬虞姬之地。饱经沧桑的虞姬墓一直牵动着我的心,站于墓前,总有万种情怀涌入心头。

据乡民郭俊良老人介绍,听他父亲说,中华人民共和国成立前虞姬墓区域占地60余亩,修有庙宇、大殿、阶梯,植有松柏、果树,设有神像、泥胎塑像,每年农历二月十五均逢大会,香客络绎不绝。解放战争时期,墓区庙宇被国民党拆掉,20世纪60年代后期,虞姬墓又被扒掉。1975年,天气大旱,百姓引水浇地,大型机械浇了一天一夜,地仍没浇好,原来是虞姬墓上裂了一大洞,水全灌进洞中,人称"仙人洞"。两年前,村民浇地时又发现洞口。因为墓冢被平掉的几年间,两个郭庄村队长先后去世,多头牲口掉入洞中,传言说是因拆庙扒坟所致,于是周围百姓自发把坟堆起来了,后又几经反复。如今,又有一村民对着原墓址的位置,建了一座小庙,供人们叩拜。

听到庄心妍与京剧院富博洋老师共同演唱的《新霸王别姬》,心灵又一次被震撼,于是又去虞姬墓旁聆听这段千古绝唱。正值农历十五,香客们焚香叩拜,安静无语,我更是静默着,心情凝重近乎悲戚。耳边已是四面楚歌响起:你陪君醉,为君起舞泪断肠，拔剑自刎，从此离别楚霸王。痴情红颜爱一场，梦千年，无奈离殇，难忘君模样。落花飘零，片片入泥别春光。可曾知君为情狂，泪洒乌江。

　　"大王意气尽，贱妾何聊生"。这忠情的诗句，是如此凄凉哀伤，又饱含多少为情不惧生死的痴狂。虞姬啊！虞姬！你何以如此勇气，壮烈而去？草木尚且怕枯萎，鸟儿也曾怕无食。是激发霸王冲出重围的力量，是不愿拖累霸王的心念，更是爱情路上难成双的无望。这重情重义的女子，人间风月无限好，只愿薄命赋诗章。

　　后人常用"红颜祸水"来形容妹喜、妲己、褒姒、杨玉环等一些帝王宠妃，但从无人这么形容虞姬。她爱慕项羽勇猛，不惜为妾，陪伴左右，美貌与智慧集一身的她，也时时为霸王分忧，深为霸王喜爱。自古美女爱英雄，她演绎的这段爱情故事，是一段佳话、是一个传奇。她的大义凛然之气，又让后人传颂不已。人们心中"红颜祸水"的恶毒凶残、蛊惑君王、沉迷享乐、干预朝政、祸国殃民，都与她无关。她，只是一单纯为情殉死的痴情女子。

　　梅兰芳等艺术家演绎《霸王别姬》时，让虞姬且歌且舞、亦悲亦泣，凄美之情让人落泪。林妹妹对虞姬也是如此惺惺相惜，叹之为己。文学作品里，霸王因了虞姬而血肉丰满，英雄气短、儿女情长的大将军，比起刘邦"胜者之王"的光辉更加璀璨。虞姬的美定格在了日月里，定格在了人们的心里。有哪一种美让人如此心疼，有哪一种美让人寂然落泪？又有哪一种美让人满脸悲伤，断了思想？这种美，只指容颜吗？我想，不尽然。

　　美丽的虞姬，你静静地闭着眼，躺在霸王的怀里，可霸王的胸怀却冰凉彻骨，手心的冰冷穿过你的身躯，与你的倾情相遇，成水，成溪，流入万年的河流里。虞美人的花朵鲜艳无比，有了你的鲜血滋染，怎能不殷红美丽？

　　暮色将晚，深冬寒风凛冽，原野一片沉寂，就这样静静地站在墓前，耳畔响起一个声音："骓不逝兮可奈何！虞兮虞兮奈若何！""大王意气尽，贱妾何聊生。"多么令人荡气回肠的爱情赞歌，伴着我的眼泪回旋缭绕。

　　奈若何……

　　何聊生……

陈园情思

作为老子故里——鹿邑,除了能在老君台、太清宫感受老子文化精髓之外,我们还有一个美丽的休闲驿站——陈抟公园。这里是聚集人口最多的地方,尤其是到傍晚,人们纷纷都从家里出来,不约而至。我也和他们一样,只要能抽出点时间,就会在这里走一走,总是会有所收获。

刚走到这里,最先看到的就是广场舞爱好者们跳着几近欢快抑或舒缓的舞蹈,配合着优美的舞曲,她们朝气蓬勃、神采飞扬、艺术气息浓烈,既愉悦了身心,又陶冶了情操,更锻炼了身体。她们的舞姿也会时不时地吸引住人们,像我就被她们所折服。对于爱好玩耍的孩子们,旁边摆的各种娱乐项目,最受他们欢迎,女儿用枪打气球总能百发百中,笑我十中二三;儿子玩兴更浓,各种项目都要尝试,穿梭于其中,无休无止,生拉硬拽方能走开。台阶上的长廊好似躲开了纷扰,静谧宜人,灯光也在这里躲了起来,抬头仰望星空,夜的美丽安静尽显其中,走在这里不由得放慢了脚步,生怕脚步声会破坏了这夜的安静。

穿过一座弯弓形的桥,放眼望去更是热闹,各种小吃摆成了棋盘模样,人们在闲暇之余也不会忘了品尝特色美食,有的老板还不忘过去传统的销售方法——吆喝,很能勾起人们的食欲,孩子们更是馋涎欲滴。这里也是人们健身的地方,健身器材旁边人们做着各种动作,有老人也有漂亮的姑娘,户外锻炼已经成为人们生活中很重要的一项。弓形的桥前面又配合着一座弓形的长亭,长亭下面总有三三两两的人坐在那里看风景,在这里可以俯瞰公园里的全景,尤其是下面的小湖,湖面平静迷人,偶尔微风吹过才会有一点儿涟漪,如果在喧嚣的尘世中,我们能像这面湖水这般清静、清新、淡定、淡雅，就没有什么可以扰乱我们的心，生活将会超出一种境界，即所谓超凡脱俗，夜晚的湖面波光倒影、色彩斑斓，但湖水却"宠辱不惊，看庭前花开花落"。它此时的美更加让人着迷，为了欣赏它的美，我总会在旁边圆形的小路上围绕着它转上一圈，有时也会像小路上的人们一样，吹着夜晚湖面的风，呼吸着它带来的甜蜜气息，走一走，锻炼锻炼，舒畅心情，释放一天的身心疲惫。

从小路走过去，在湖的中心有一座不规则的桥，过了桥是一个小岛，小岛上花草树木尽收眼底，长方形的石阶通向湖面的中心。这里是恋人们常来的地方，他们在这多情的花草之间，表达着彼此的爱意，绵绵深情，让小岛更加生动。在这里，他们建造着未来美丽的梦，梦中的甜蜜、浪漫让他们紧紧相拥，多么唯美的爱情画面，让我不忍得去惊扰现实中的梦。我站在那儿，心里涌起一阵阵感动，祝福他们爱情久远，幸福常伴。

带着内心的感动，漫步向前，荷花的淡淡清香随风轻轻飘来，吸入鼻孔的清新的香气让人心神宁静，不由得闭上眼睛，去享受此时的恬静安然。当你再睁开眼睛时，又不忍心再闭上，朵朵荷花，姿态万千。刚长好花苞的青涩纯美，含苞待放的娇羞可人，热情怒放的鲜妍妩媚，美得让人沉醉。片片荷叶翠绿如玉，向上托起，偶尔会有水滴滴过，犹如珍珠，看到如此美的荷花池，就会想到周敦颐《爱莲说》中对莲的赞美："中通外直，不蔓不枝，香远益清，亭亭净植。"莲高洁的品格，让我更加爱莲。

不知过了多久，美丽的陈园也变得朦胧了，或许它与人们对语太久，有些累了，我方知该离开了，在深情回眸中慢慢离开。你休息吧，美丽的陈园，愿你梦中有我的存在，因为爱你的情思永不改！

上清湖，我家乡的湖

"为什么我的眼里常含泪水？因为我对这土地爱得深沉……"

这是著名诗人艾青的诗句，深刻诠释了他对故土血浓于水的深厚感情。没有人不爱自己的故土，从这片神奇的土地孕育我生命的那一刻起，我对它的热爱就从不曾停息。当一城碧水洗濯掉旧日容颜，一座座游园生发出今日绚烂，在我的心中总有一种情感在萌动，尤其是漫步在上清湖畔，这种情感瞬间被点燃，只剩下无以言说的感动和依恋。

2015年5月，新一届县委、县政府打响了"五河治理"攻坚战，各级领导干部与广大人民群众共同谱写了"五河共治精神"的辉煌篇章，五河终于涅槃重生。上清湖公园是继"五河治理"之后，又一民心工程、德政工程，一处集"山、水、湖、林"于一体的城市生态景观。鹿邑从此有了湖光山色、林幽水清的游览景点，这真是欣喜之后的又一惊喜，赞叹之后的又一惊叹！

我喜欢漫步于上清湖畔，人来人往时不觉得喧闹，独自徜徉时不觉得孤单。在这樱花烂漫的季节，轻微的风吹拂着朵朵成簇的粉嫩花瓣，宛若风姿绰约的女子，一颦一笑，万千风情，一姿一态，皆成风景。它把醉人的芳香晕染在这美丽的上清湖畔，在这美好的人间四月天，点点香、点点暖、点点梦幻，该是怎样的一种浪漫？

清澈如碧的湖水透过阳光，淡却了一些色泽，显得光亮、耀眼，这阳光水色和粼粼水波，仿佛能洗涤所有的污浊，让人在一尘不染之境，品悟上善若水的文化本源。老子曰："居善地，心善渊，与善仁，言善信，政善治，事善能，动善时。夫唯不争，故无尤。"人生之道，莫若水。天鹅、水鸳、野鸭们也仿佛喜欢这柔柔绵绵的水，游来游去，戏水嬉戏，不忍上岸。迈步于精雕细刻的九曲桥岸，花香又被轻微的风吹至鼻尖，令人心旷神怡，静倚护栏，看水中游鱼，时潜时浮，似与游人逗乐，无比惬意。一眼望去，远山涂了葱翠之色，林木荫翳，秀丽娇美，如诗如画，让我想到贾岛的诗："只在此山中，云深不知处。"布局婉约的湖心岛上，桃红柳绿，碧草含香，一亭一景，一树一貌，让人赏玩之中，多了些对风景深处的思考和品悟。

上清湖公园东北角的正清林，也是一道清幽雅静的风景，修竹清风，魅影婆娑。古往今来，竹就是中国美德的物质载体，它象征了我们鹿邑人高洁的品格和坚韧不拔的意志，人行其间，浩然正气滋生，气度风貌平添，脱俗雅致渐浓。好一个正清林，我们鹿邑人的精神栖息地，灵魂的家园。老子曰："正气不存，邪气易入，有必然者。"植此竹林，把道植入人们心中，植入家乡的每一块土地，正如"上清湖"的由来，老子一气化三清，"道"无处不在。

上清湖的美令无数离乡的游子深深眷恋；令身居家乡的人们日日赞叹；令众多了解鹿邑、热爱鹿邑的华夏儿女殷切期盼。美丽的上清湖啊，我真的不知道该怎样把你描摹，当走近你的夜色，另一种的美更令人陶醉忘我。

不见其景，先闻其声，音乐喷泉里播放的中国美，令人热血沸腾，迅速上前，我是惊呆了的。灯光和影像的交汇，缕缕的明漪和烟云般的水雾，这如梦的幻夜，不知是应该睁开眼，全部尽收眼底，还是应该闭了眼，用心感受。此种意境，有凤凰古城夜色的浪漫；有黄浦江畔夜色的奢华；有西子湖畔夜色的柔情；有秦淮河岸夜色的妩媚；有周庄水乡夜色的安恬。身居家乡，尽享祖国万里风光，万种风情，是何等的幸福和感动！五光十色的喷泉摇曳生姿，时而有直冲天空的豪迈；时而有雾里看花的婉约；时而有彩带丝舞的欢快；时而有唯美轻柔的深情，就这样不同的姿态，不同的歌曲，让我的情绪随之波动。人总有一刻是忘我的，心总有一刻是游离的，我把自己本真地呈现给这家乡的湖岸。当我沉醉其中的时候，一艘小船划过夜的梦幻，荡着色彩斑斓、漾漾的波和曲曲的影，任意东西地缓缓摆动。往船舱里望去，哦！原是幸福的一家人，他们的笑声和桨声应和着，他们的笑容和灯影映衬着，奏响了一曲最动听的百姓和谐之歌。

从我身边走过一对老年夫妻，他们银发飘飘但精神矍铄，老先生对老太太说：

"我们要好好地活着，不然就再也看不到这么好的风景了。"多么朴实的话语，多么真挚的内心情感，我被深深地感动了，许久没有回过神来。

再次展望这一潭惹人爱慕、忘情的湖水，心中感慨颇多。是谁打造了鹿邑人的世外桃源？是谁营造了和谐的人文理念？是谁增强了百姓生活的幸福感？是新一届县委、县政府的"德惟善政、政在养民"的执政思想！是各级领导干部勠力同心、迎难而上的大无畏精神！百万人民无不为之动容，这股暖流似甘洌的清泉汩汩地流淌在人们心中，这泽被后人的伟大创举，人们永远不会忘记。有了这股"鹿邑精神""鹿邑力量"，我们着力打造的"九河绕真源，五湖润鹿邑"生态宜居水城，将胜利在望，圆满成功！

夜色已晚，湖畔的风吹来丝丝凉意，水声一点点清晰，我也不忍得离去，真的想让这静谧的夜载着湖水一同伴我……

啊！上清湖，我梦中的湖！

啊！上清湖，我家乡的湖！

根亲园记

呦呦鹿鸣，道德真源，人杰地灵，物华天宝。莽莽苍穹，鹿邑闪耀东方；先贤老子，《道德经》灿烂辉煌，七台八景声名远播；道教祖庭博大厚重。道德天下，智慧之城！

新一届县委、县政府，置心于民，大兴德政绘蓝图，以上率下，强抓实干，五河共治立奇功。水活园绿新奇景，古城醉颜四时情。县委攻坚"551155"蓝图，定于丁酉年元月前，落成公园游园五十座，福泽于民，惠济广远。根亲园系教育系统承建，身为教育中人，情笃义深，日盼游园鸟鸣鱼跃、亭栏精妙、柳绿花红、人物相映。

根亲园处十里文化长廊轴线上，总占地面积5300平方米，是为宝地之宝，毗邻观光要道，衔通人居之地，不行则至、不赏则品、不闻则遇。"根亲"顾名思义，鹿邑实为李氏之根。打造以"挖掘李氏文化，彰显李氏之根"为主题的根亲园，让教育各界领导殚精竭虑、逐日覃思，以期百姓游乐酣歌之余，品老子故里根亲文化，悟道、修道、弘道，修身安民、和谐齐家，缔造福地洞天之魂。

展望前景，宏图大志，美则美哉，更觉举步维艰、鞭长驾远。于是凿泥铺砖，立柱树杆，机器声隆隆，碾压声哄哄。工地犹如战场，激荡的进行曲洪钟般奏响，此番力量，有排山倒海之势，具气吞山河之壮，昼夜不分，紧张施工。为解资金短缺之困，集教育全体同人，募捐共筹，积善行，思利于民，汇绵薄之力，成千秋大业。古语曰"众煦漂山，聚蚊成雷""万人操弓，共射一招，招无不中"游园胜利落成，则指日可待，实为必然。当日之时，我万千同人举目四顾，必将泪水潺然，感我之领导尽心竭力，教育同人爱心汇聚之力，游园葱翠荫翳之景，家乡丰厚文化之前景。

纵观古今，王侯将相、富室豪家，诸多为世人所瞩目，圣贤先哲，更当震古烁今，誉满神州，一屐一履，当为文化之珍品，况为先贤故里，当为世人思想之领地。道教祖庭——家乡鹿邑，正如老子遁世之所为，大都不为知晓，今日鹿邑，已快马扬鞭，驰骋飞扬，飞入全国，飞向世界。五河岸边，临风而歌，上清湖中倚栏观鱼，问道苑旁品悟箴言，处处皆景，时时触情。根亲园的落成，必将为我故乡再次注入精神命脉，百姓闻水悟道，观景思古，静默品幽，闲步解惑，此种境界，莫不为老子"道法自然，天人合一"之箴言。

此时，沧海明月，定懂我心境，唯愿：千古鹿邑，永远华彩绽放！

叙情风景河

身居家乡多年，家乡的一草一木、一物一景总能牵动于我。而今，这座文化渊源深厚、历史悠久的古城新颜焕发，一改昔日面容，怎能没有诸多感慨萦绕于怀？

我是鹿邑西城中学一名教师，二月的一个夜晚，大约十点，天下着小雨，也较为寒冷。一个同事回家路过河道，恰好遇到朱书记带领县委县政府各级领导在施工河段指挥五河治理工作，他十分感动，拍下照片，发到我们的群里。同事们也都深为感动，一同事说道："朱书记被雨打湿的身影也那么帅！"

我们都知道，流经县城的"五河"，由于不善保护，对百姓危害众多，人们"谈河色变"，河岸居民无法生活，成了污城河。去年4月26日，朱书记下了部署，打响"五河治理"攻坚战，各级领导都自觉践行"一线工作法"，齐心协力，强抓实干，历经369天的时间，城区水系的循环工作圆满完成。河岸的绿化、亮化、美化也同步进行。新水淙淙入城来，脏臭害毒全驱开，古城旧貌焕新颜，人人喜乐齐称赞！

我们学校背后的风景河，是和我关系最密切的。每天早晨一进教室，一股臭气扑来，夏天尤为强烈，后面窗户不能开，更不能往下看：成堆的塑料、破布、剩饭菜，甚至粪便等各种垃圾满地，蚊蝇嗡嗡地叮着，让人呕吐。

现在，我们让教室前后通透，河岸的风带着清新、纯净、甘醇的气息阵阵袭来，沁入心扉，深感全身舒畅。下课了，同学们会眺窗远望，顿时疲倦全消，神清气爽，愉快地迎接下节课的学习。

上下班,我会不由自主地沿河边走,一池碧水,倒影绿柳,手抚雕刻精美的细石护栏,脚踏青石板,婉约如江南。再看两边黛瓦白墙,分别刻有《道德经》匾额,享受美景之余,亦可感悟老子箴言,修养身心,如此,人生之大境界也!

夜幕降临,河边灯火璀璨,五彩斑斓。人们饭后出来闲步,笑脸上总有斑驳陆离的光影,幸福又安详。如果你喜欢跳广场舞,就与广场舞迷们一起舞起来吧,累了还可以坐在长椅边休息。一同事家在河边居住,老拍照片发朋友圈,请朋友们喝茶,真是美景到家,不亦乐乎啊!

"五河共治"这项惠民工程,百姓赞声不绝。不仅改善了人居环境,提升了城市品位,也增强了百姓生活的幸福感,营造了和谐的人文理念。对打造生态宜居城市,促进老子故里旅游业的发展也有很大的推动作用。这项造福后人的伟大创举,百姓会永远铭记于心,代代传颂!所汇聚的强大的"五河精神""五河力量",让我坚信,让全鹿邑的百姓也坚信,"四个鹿邑"的建设目标定会早日实现,圆满成功!

一场醉心的相逢

不善饮酒，却对酒有一种特别的情怀，或许缘于唐诗宋词中的酒。"李白斗酒诗百篇，长安市上酒家眠"。李白成就了唐诗的不朽地位，而酒成就了李白的"诗酒一生"。白居易自称"醉吟先生"，拂酒坛、开诗箧是他之最爱。"千古第一才女"的李清照也是"醉"了，"东篱把酒黄昏后，有暗香盈袖""三杯两盏淡酒，怎敌他，晚来风急"？酒中之词，空灵婉约，情韵悠长。诗与酒总是有着不解之缘，爱上了诗的意境，便爱上了酒的浓情。

有一坛酒，在岁月里窖藏了几千年，留存了太多的文化和故事，那便是"宋河酒"。为宣传贯彻党的十九大精神，鹿邑文艺界组织"走进宋河"采风活动，让我们去真切感受宋河酒文化的博大精深。

殊不知，一杯微醉的我在一个似乎和酒没有关系的日子里，邂逅了一场醉心的相逢。我们一行三十多人共同走进了宋河镇，一个历史悠久、古朴淡雅的小镇。一条古老的宋河环绕小镇，滋养着世世代代的人们，传承着小镇人生生不息的血脉。宋河酒的酿制便取于此水，老子的哲学思考中"人法地，地法天，天法道，道法自然"铸就了中国名酒——宋河粮液。宋河酿酒，始于春秋，盛于隋唐，宋河佳酿被古人誉为"天赐名手，地赐名泉"。孔子由曲阜至此问礼于老子，曾酒醉"枣集"，留下"唯酒无量，不及乱"的箴言。被小镇几千年文化熏陶的宋河酒业仿佛一位温文尔雅、亭亭风姿而又举手投足间意蕴十足的女子，在她的面前你只想谈论琴棋书画诗酒茶。走进院内，轻柔的风飘来淡淡的酒香，混着青草的气息，芬芳馥郁、淡雅香醇。这一刻，我体会到"我有一壶酒，足以慰风尘"的洒脱情怀。陶醉间，一条幅映入眼帘，正面是"自然、和谐、创新、发展"，解说员说:"这就是宋河的精神。"宋河人在继承传统工艺和千古美名的同时,感觉到的不仅是荣誉,更多的是责任,才使得宋河酒永远立于中国名酒之列。背面是"分享宋河,共赢天下",宋河秉承诠释道家文化,构建共赢平台,全力打造中国赢文化。

我们无论走到哪里,除了听到机器的轰鸣声,就是看到工人们努力工作的身影,他们爱着这项"醉人"的事业,这岂不是宋河人的精神?宋河碑文化长廊更是将企业和文化深刻相融。

唐宋以来,先后有八位帝王驾临鹿邑,淳朴的老子故里人就用最好的美酒宋河来款待他们,于是宋河酒成为鹿邑人对外地贵宾最高贵的礼遇。"自古中原重礼仪,国字宋河礼遇天下"由此而来。宋河酒是一种纯粮食酒,其"香得庄重、甜得大方,绵得亲切、净得脱俗"的酒体风格,是应和老子顺应自然、返璞归真的哲理思想,是道家文化成就了宋河酒魂。老君台上大殿中一副对联"一片绿波飞白鹭,半空紫气下青牛"记载了老子和宋河酒的一段传说。据说,老子因喝了"宋河酒"才得道成仙,并著成道德真经五千言。相传,老子赶走隐阳山之后,离开苦县,一晃数年。一日,突发思乡之情,于是驾青牛,驱白鹭,踏紫气回乡,哪知刚进鹿邑边境,就遇久旱不雨,庄稼枯死,尤其"枣集"一带,百姓正乞求老君保佑。见此情景,老子心急如焚,命青牛下界帮忙,青牛便用牛角在黄、淮之间犁出一道沟来,然而黄河已断流,唯独"九龙井"尚有一缕甘泉,老子便用酒壶盛来倒入沟中,顷刻间,一条清澈如泉涌、醇美似甘霖的河水显现在百姓面前,原来老子在盛水时忘记还有几杯酒没有喝完,一股脑倒入水中,此水自然醇香无比,此河被称作"送河",意为老子所赠。由于"送"与"宋"谐音,宋太祖赵匡胤下令将"送河"改为"宋河",流传至今。没有老子,就没有宋河酒。

想着这个神奇的传说,穿行于酒坛之间,一种穿越时空之感油然而生。品一杯芳香浓郁、醇和清洌的酒,闭目养神,只觉口齿生香,回味悠长,我就这样醉心于此。我想,"几时归去,做个闲人。一张琴,一壶酒,一溪云"不仅是东坡先生的心愿吧?谁人不向往?陶渊明在他的桃花源植菊酿酒,简单幸福地生活着,这种恬淡情怀,超脱境界,谁人不仰慕?如果有一天,我举杯向月,我杯酒言欢,我把酒当歌,我一定会记得"宋河酒,好朋友,真情到永久"。

今日落笔为酒,只为一场醉心的相逢。

心中植荷幽然香

已然记不清是什么日子，只记得惠济河畔的风轻轻柔柔的，蓝天白云，色调鲜明，映衬出一幅清朗的夏日图景。柳丝慢慢随风飘摇，像诗一样意蕴悠长，鸟儿栖在枝丫间，偶尔婉转轻唱，娓娓动听。心灵相通的友人们欣悦地谈论着古诗词中的荷。忽然，一池的荷开在我们眼前，我们谁也不说话，因为她开在了我们心间。

远远望去，像是一片碧绿的海洋，衬托得花朵更加明艳、绚丽。真是感叹杨万里的那句诗"接天莲叶无穷碧，映日荷花别样红"，写尽了荷花池的美。轻风拂动，叶挨着叶，花依着花，惹人心动。我就这样为荷而来，按捺不住心中的感动，赶忙走近。你亭亭的风姿，娇羞的容颜，是那样地不染尘俗，宛若仙子般飘然。粉嫩的花瓣托起鹅黄的花蕊，真是"田田初出水，菡萏念娇蕊"。白色的花瓣略带淡黄的花托，更显得纯净、雅致，还长着朵的花苞，羞涩迷人。一阵风吹过，缕缕荷香，沁人心脾。我爱极了这满池的荷，就这样美丽温婉地生长着，安静、恬淡，不求与人同行，不求有人欣赏，在自己的世界里开成自己想要的模样。我这样爱她，或许是在我心中早已刻下她"出淤泥而不染，濯清涟而不妖"的高洁品格、不凡心性与超脱情怀。因为人的爱往往是深刻的，不会因为单纯的表象而被深深吸引。

荷是这样美，偶然却又必然地俘获了我的心。美丽的遇见就是一种心灵的邀约，我无法搁置下心中的牵念，再次去看荷。

风依然很轻，云依然很淡，河水静静地流着，小船兀自地摆动着。但那满池的荷却衰颓败落，枯枝残叶东倒西歪地漂浮在水面上，一片萧条、凄凉的景象。我心中怎么也抑制不住那份悲伤，捡拾起一片枯叶，不忍让眼泪流下来，只怪自己来得太晚，凋零的荷如我凋零的心。还好，有李义山的诗"留得枯荷听雨声"，枯荷秋雨的清韵，有谁能解其中个味？但那雨声却抚慰了诗人羁泊异乡、孤苦寂寥的心境。林黛玉只喜欢李义山的这句诗，但在她口中却吟得"留得残荷听雨声"。曹雪芹作为中国最伟大的文学巨匠，本身就是一位出色的大诗人，"残荷"似乎比"枯荷"更有韵味,因此"残荷"多为后人所用。但因为这句诗,也让我真真不再那么伤感了。如若残荷能在雨滴落下的时刻,洗涤掉尘世的喧嚣、污浊,让驳杂的心绪流走,寻得一份释然,一份慰藉,一份超脱,这倒也是很好的。

朋友看我感伤,突然说:"下面已经结藕了。"是啊,没有荷的枯败,怎么会有成熟的莲藕。李清照是爱这莲藕的,"红藕香残玉簟秋""兴尽晚回舟,误入藕花深处",莲藕在她的词中频频出现。苏轼曰:"手红冰碗藕,藕碗冰红手。"写尽了爱情的美好。荷用她的香消玉殒成就了莲藕,成就了古诗词中的经典,让艺术之光璀璨。同时她也成就了人们饭桌上的美食,当你想起用藕制作的烧卖、藕盒、藕片、米藕、藕饼、藕丁……是不是会垂涎三尺呢?它不仅味美又营养丰富,是饮食中的上品,我们还有什么理由不去爱这默默无私的荷?

荷花的花托在荷叶败落后结成莲蓬,莲蓬里会长出密密的莲子。莲子的营养价值是很高的,莲子心是《中国药典》收录的草药,莲子粥、莲子羹的做法有很多种,莲子是家家厨房必备的食材。莲子的生存能力是植物中最长久的,有千年之说,人们渴望爱情长久,因此和爱情有着必然的联系,乌兰托娅的一首歌《莲的心事》中一句歌词说:"我是你五百年前失落的莲子,每一年为你花开一次。"多么忠贞的爱情神话,让人赞叹。

同去的甜甜喜欢插花艺术,看到这一朵朵莲蓬,像是在欣赏一件件艺术品。采莲人,一个帅气的小伙子,身穿防水衣,跳入池中细心采摘。"人生最幸采莲人",乘一叶扁舟,载一船清香,望不尽白云碧水、绿叶红莲。此时虽没有绿叶红莲,采莲人依然满心欢喜,因为莲已经融入了他的生命,在莲的世界,拥有一颗平常心,无欲无求地活着,他该是多么幸福啊!甜甜把莲蓬放在花瓶里,无须修饰,株株挺立着,仿佛遗世独立的别样花朵,这种生命厚重之美岂是别的艺术品所能掩盖的?

席慕蓉说:"我愿为莲,即使最终残荷听雨,也以千年不变的情怀安居我的家园;我愿为莲,亭亭地站在碧影之间,微绽笑靥。"来生,我愿为一朵荷,守着一池碧水,不负岁月韶光,不愿年华易逝,绽放时吐露清香,荼蘼败落时释放能量,只要心中有爱,便能"美丽"这一方荷塘。

世间所有的相遇,都是久别重逢。你定是我前世的知己,只是不经意的一眼,再也挥不去那份印记。从此,我在心中植下一片荷,让灵魂幽然生香,只愿来生为你!

永远追逐的道德之光

  当我在老子故里漫步沉思，当我在道德之光里沐浴成长，当我在这片仙乡土地畅想遥望，当我在呦呦鹿鸣的节奏里踏歌飞扬，我满怀感动，告诉自己我是老子故里人，我的故乡钟灵毓秀、源远流长。

  "一片绿波飞白鹭，半空紫气下青牛"。两千五百多年前，你诞生在这片神奇的土地，你用智慧洞彻大千世界的玄机奥秘。"三生万物、无为而治、道法自然、天人合一"，你用水的品格浸润人类的心灵，人生之道，莫若水，水泽被万物而不争。在水的德行下，我们老子故里人尊道贵德、至善至柔，传承老学精神，弘扬国学经典，道德千言、代代相传！

  "老子故里，道家之源，李姓之根，道德之乡"四句城市宣传语囊括了我们文化厚重的城市灵魂。在历史的长河中，曾有八位帝王怀着虔诚之心来鹿邑拜谒老子，一座座古碑见证了历史的风云印记、积厚流光。那一口充满古诗意境的望月井，灵动的水映出温柔的月，让我们跟随历史的脚步，寻觅那一段关于九条龙的传说。太极殿前你亲手所植的两棵阴阳柏，纹理依然那么清晰，枝叶依然那么繁茂，两千多年的沧桑巨变，反而让它们更加有灵性，更加有生命力。突兀挺立的老君台，在三十三层台阶之上，巍然屹立，一步台阶一重境界，踏入最高层，感觉如入云端，飘飘然似仙境，俯视大地，渺远苍茫。在此处飞升成仙的老子，慈善温和，美髯拂胸，蔼然的目光充溢着智慧，普度众生、惠施大爱，让我们在道德之光的照耀下无畏无惧，铿锵前行。

  在西出函谷关之际，伟大的先贤老子用他一生的智慧和思考给我们留下了一部精深传奇的伟大著作——《道德经》。《道德经》乃"万经之王",是中华文化之根,是我们取之不尽、用之不竭的精神财富。每当读起,总有一种说不出的宁静和超然,字字句句让你深思,悟道、修道、弘道,我们老子故里人从不懈怠,修身安民,和谐齐家,便从"道"中索取和发扬。

洋洋洒洒五千言的《道德经》涵盖了太多的箴言妙语。当读到"道生一,一生二,二生三,三生万物"时,突然明白万物何而来。道化生了处于阴阳未分状态的太极,太极化生了阴阳两仪,万物内部则有阴阳;从而化生了宇宙万物。阴阳相交,方得和谐,万物背阴而向阳;当读到"人法地,地法天,天法道,道法自然"时,一种人类的渺小感油然而生,"大道无形,自然至上"才是人类法则,人与自然休戚与共、和谐相融,则依据自然之性,顺其自然而成其所以然。一句句简短深邃的文字,让你一遍遍读起,一遍遍赞叹,其间闪烁着璀璨的道德之光,让我们心生激荡,无限向往。

在这片古老而厚重的土地上,善良厚道的鹿邑人民在老子思想的孕育下,世世代代过着安宁祥和的生活,这里也是我们的"桃花源",21世纪是共融的时代,是分享的时代,我们要让老子文化精髓给世人带来无边无尽的精神财富。新一届县委县政府把老子文化传承放在鹿邑发展的重中之重,以期让世界更加敬仰老子,熟知鹿邑,让道德之光在全世界大放异彩。

永恒的道德之光,我们的追逐将永远在路上!祝愿鹿邑的明天蒸蒸日上!日富月昌!灿烂辉煌!

《道德经》
——我们的心灵原乡

每当我捧起那本厚重的《道德经》读本，我的心里总有说不出的宁静和超然。洋洋洒洒五千言，字字句句无不渗透着人类思想之精华，道德文化之精深。时时掩卷深思，盼能解一二之谜，偶或有所得，便欣然大喜，教学课堂之上，常与学生谈之论之，热爱之情，无以言表。

我们知道《道德经》是"万经之王"，中华文化之根，是中国历史上最伟大的名著之一，对传统哲学、科学、政治、宗教等产生了深刻影响。《道德经》是我们取之不尽、用之不竭的精神财富。作为一名当代教师，理应从伟大的道德文化里，汲取推动学生成长的力量、向上向善的思想、做人做事的道理、浸润心灵的资本，努力培养他们成长为当代中学生的典范。把道植入心中，便能开出圣洁的花朵；植入骨髓，便能生出强韧之根；植入思想，便能开创时代先锋！

自从《道德经》走进课堂以来，我深知学生学习它对未来会有很大好处，一直努力领悟，希望能更好地理解其深意，给学生以引导。《道德经》的学习更需谨慎，绝不能删字添字、错乱停顿、断章取义，以保持它的本真思想。譬如"道可道，非常道"改为"道，可道，非常道"，则意义全然不同。

俗语说："一滴汗珠万粒粮，万粒汗珠谷满仓。"通过我的努力，虽不能破解诸多精妙之理，在百读中也有颇多理解，也因此影响着我的学习和生活，给学生也送去了或多或少的精神食粮。

老子曰："上善若水，水善利万物而不争。"意为最高的德行就如水的品德，滋润万物却不和万物争名夺利。人生在世，先为人；人生之道，莫若水。拥有水的品格，将是我们一切的根基；一切的源泉；一切的得之所在。

当我一遍遍读起"人法地，地法天，天法道，道法自然"时，一种人类的渺小感油然而生，"大道无形，自然至上"才是人类法则，我们还有什么贪婪、欲念、狂妄是不能放下的呢？具有博大的胸襟和大自然和谐相处，才会逍遥自在，无所为而又无所不为。

遇到了困难，我就会想到"困难于其易"，于是就吃一堑长一智，以后遇到事情，不等它恶化就解决掉，少留祸患。觉得小事做得毫无意义时就会想到"为大于其细"，小事是起点，大事是小事的累积之果。

一部《道德经》博大精深、灿烂辉煌，启迪着人类智慧，缔造着华夏之魂，它是炎黄子孙的精神血脉，是普照人们一生的道德之光。十分庆幸《道德经》进入学生课堂，它将成为学生的心灵原乡，纯净且有无上的力量。让这部国学经典陪伴他们成长，让伟大的祖国因他们而蓬勃向上，永远繁荣富强！

第四章 爱情是甜蜜的疯长

生命中的过往

如果生命是一场途经，我们希望花开时相逢；如果生命是一场远行，我们希望一路相随的是最美的风景；如果生命是一场约定，我们希望盛装出席是神圣的使命。红尘中，我们遇见了生命就遇见了美好，当那些深深浅浅的过往溢满一盏香茗的馨香，我们是否已经拥有了生命最美丽的绽放？

身体和灵魂总有一个要在路上，在行行进进中，我们失去了，得到了；哭了，笑了；疲累了，释然了；困惑了，懂得了，但却在不经意地回首中多了些山一程水一程的感动。不是我们多么渴望成长，而是光阴荏苒，我们不能拒绝所有的路短情长。

我们喜欢淡淡的午后，品味光阴和阳光的温暖缱绻；我们喜欢一帘烟雨中，感受绿叶和细雨的浪漫柔情；我们喜欢夜深人静时，静享半卷诗书、心素如简的宁静。这些美好的光阴总会让我们在纷纷扰扰中寻得生命的苍翠和灵魂的厚重。

我们没有理由不喜欢那些恬淡的时光、满园芳菲的过往，但我们也要把爱和温暖赋予那些沧桑和薄凉，因为它们终将会凝聚成我们向上的力量和希望。

行年渐长，慢慢懂得了生命的画板上，手中的笔也无从抉择，当平平仄仄的韵律刻上了枝枝丫丫的交错，我们才恍然悟得，无论怎样的山高水阔，也总有水瘦山寒的一刻，我们唯一能做的，就是让自己不要沉湎于昨天，纵然愁丝三千，也难以消解悲伤和落寞。打开心窗，让阳光照进灰暗的角落，撷取一份善暖，让心重新启航，奔赴生命的阳春白雪、风月山河。

罗曼·罗兰说："世上只有一种英雄主义，就是当你看清了生活的真相之后依然热爱生活。"当我们看到行将迟暮的老人,装点着自己的生活;当我们看到与疾病抗争的患者,依然面带微笑;当我们看到身残志坚的勇士,把爱洒遍他走过的角落。我们用感动的泪水去体悟生命最美好的样子,这又何尝不是一种生命的馈赠?

人生天地间,忽如远行客。从青葱少年到苍颜白发,只是一转身的时间,从薄雾晨晓到苍山暮落,我们又有多少次的错过。我们不该,不该这样把光阴蹉跎,我们要把每一分、每一秒都无憾地走过,才不枉人生这盛大的春天,一路花香的相伴,春风十里的懂得。

如果可以,我想晨起时写诗,傍晚时作画;如果可以,我想快乐时舞蹈,悲伤时欢歌;如果可以,我想一帆风顺时执着,步履维艰时坚强;如果可以,我想梦想靠近时喜悦,前路未知时昂扬。我们用阳光的心情幻化生活的明媚,驱散生活的浓云迷雾,日子将永远闪亮,一切都将成为滋生美丽的土壤。

红尘中,看一场姹紫嫣红的花事,度一段良辰美景的时光,吟一首前尘旧梦的诗行。没有谁不喜欢诗和远方,但生活不是只有千恩万宠,不是只有百般怜爱,我们要在沧海桑田、百转千回中学会接纳所有的困惑、无奈和忧伤。经年之后,蓦然回首,那些深深浅浅的过往,早已散发出美丽的光芒!

一笺笔墨　一纸流年

行于陌上，绕过指间的风牵动了过往的曾经，清风朗月也如此多情，时光温婉得让人心疼。是否？那年的那一时、那一刻还在装点着我姹紫嫣红的梦。

春天的暖阳斑驳了我们微笑的脸庞，穿越蒹葭，无意间看到你眼神中的深情守望。走过漫漫风月，走过山高水长，那些唇红齿白的时光里，总有那么多的思念在心底珍藏。

我把你安放在我隔窗而望的夜空里，于是，你遮掩了所有星星的光芒。就这样，凝望着你的模样，抛却世间繁华，唯愿几许深情，护我一世安好。

是谁说，前尘旧梦总会有离合悲欢？是谁说，花好月圆只是一份向往的暖？有多少生死绝恋还在叩动我们的心弦；有多少千古绝唱还在我们耳边蔓延；有多少绝世佳话还在生生不息中呈现。红尘有爱，岁月有情，世事万千，情缘已定。

从来那么笃信爱情，宛若桃红柳绿、天蓝云白般自然，我很喜欢"从来"这个词，因为它是一种情怀。一个眼神，我存了好多年依然心动；一个微笑，我忆了多少年依然温暖；一首歌，我单曲循环多少遍依然喜欢。

有你的天涯海角，呼吸和心跳都可以听得到。我曾想化作你眸间的诗句，为你的万水千山增姿添色，你的手臂收纳了我所有的柔情蜜意，你轻轻一眼，胭脂色的流云在我脸颊迷漫。一瞬间，花开了，尽显笑颜；草青了，绿意满眼；鸟鸣了，歌声婉转。

人生的行程里，谁不是过客，过尽千帆皆昔日，幕起幕落一尘世。今生的每一次相遇，都不是偶然，既相遇，且相惜，既有缘，必在意。这一笺笔墨，一纸流年，能否把这缱绻的情意深深地囚起，伴我漫漫人生，几番风雨，从此，时光不老爱相依！

一个人的风雨兼程

一直以来，我喜欢听清晨鸟鸣，雨落轩窗，看落叶缠绵，秋水长天。生命里的美好莫过于此刻的安然，一颗心从尘世的波澜行于宁静的港湾，让生命的本真蔓延此刻。

幸福的诠释有很多种，于是便有了不同的追逐。我知道，这样的时光不惊不扰、不浓不淡、不喜不忧，正是我想要。幸福于我就是让心静下来、慢下来的安静从容，幸福不是你拥有得多，而是计较得少。

时光依然在走，每个日子都藏着淡淡的青草香，春有百花秋有月，夏有凉风冬有雪，感谢四季绵长了幸福，却没有让我历经风雨。在爱的世界里，有亲人、朋友和我一起走，习惯了依靠的肩头，习惯了真情的牵手，习惯了夜的温柔。

一个人常遇风雨就会变得坚强，一个人不遇严寒就不会披荆斩棘。人世浮沉，怎能会没有搁浅的船，没有扯不断的弦。宿命流离，岁月蹉跎，没有预期，没有因果。就这样来了，还是不能接受你的不语不言，你的不惜不怜。一瞬间，花枯了，草折了，梦碎了，心空了，无法顾影自怜，无法让泪水风干。

我的世界原本有花、有爱、有禅，一个转身，风已萧瑟，云已茫然。还是会有躲雨的屋檐，还是会有不离不弃的陪伴，还是会有流淌于心的温暖，但这一切还不足够给我慰藉和心安，我只想拥有一片属于自己的蓝天，可却是这么难？

我在生命的素笺上，描摹一点墨色，等着它风干所有的忧伤；我在无月的夜色里，燃起一点星光，等着它照亮重创的心房；我在雨打落花的小径上，拈一片花瓣，等着它慢慢藏进那份薄凉。这一刻我恍然悟得，有一些事只能自己扛，有一些痛只能自己尝，有一些伤只能自己忘。

每个人的生命里都有一段属于自己的路，不管如何脆弱不堪，如何风雨飘摇，你都要在泪水中前行。有一天，你会发觉，曾经以为无法承受的痛不再那么痛，曾经以为从此被岁月击败，你却在泥泞里站了起来，人生就是一个不断舔舐伤口的过程。

雨果说："即使在把眼睛盯着大地的时候，那超群的目光仍然保持着凝视太阳的能力。"在岁月沧桑中，我们只能在风雨中坚定，在步履维艰时坚强，向前一步锦瑟流年，退后一步花落凄然。用灿烂的心情排解忧伤，生活定会给你想要的模样。

春去秋来，我们向着阳光的方向生长，以昂扬的姿态走在风雨兼程的路上，相信岁月静好，幸福绵长！

有一种爱,途经岁月

月色温婉,时光不语,静静地聆听世界的心语,岁月的素笺上,我翻来翻去,写着的都是美丽,只因每一页都有你。

行于紫陌,立于红尘,人生一世,山水一程,日月一轮,花香一缕,痴缠一份。谁是你依念的暖?谁是你心底的祈盼?谁是你三世轮回里不变的誓言?

喜欢纳兰性德的那句"人生若只如初见",见到你的每一次又何尝不是初见?如若女人是花,我定为你开出一季倾城的香,染醉你的心房,想到我,便全世界都芬芳。

或许,前世你为星,我为月;你为飞瀑,我为流泉;你为晨曦,我为晓露;你为长风,我为弦音。用相依相随的暖,柔媚今生的一世情缘,而我,在心头痴痴地盼,盼望来世,牵手间,已是万年。

世间的爱有很多种,有一种爱很难解,叫"情不知所起,一往而深";有一种爱很无奈,叫"世上安得双全法,不负如来,不负卿";有一种爱很迷惘,叫"此情可待成追忆,只是当时已惘然";有一种爱很深情,叫"你不来,我不老"。我要的爱却很简单,"你在,我也在"。

爱真的真的就是这么简单,不需要爱情的伊甸园,不需要丘比特之箭,只是长长的小路,轻挽你的手臂,偶尔相视的柔情蜜意,便胜过世间所有的旖旎。

半盏清茶,一缕馨香,烟雾氤氲中我又想起你,如此,我怎么可以岁月无澜,不惊不漾?怎么可以淡若无风,安然从容?在爱情走过的岁月,谁能把时光看透?谁又能把自己看懂?

有一种爱,途经岁月,暖了光阴,美了等待,润了流年,醉了心海,唯有相守相望、执子之手才是我们的深情对白。铭心的遇见,一次就好;真挚的爱恋,一世相伴!

你是岁月里的美　你是人生一场醉

又是一个下雨天，雨滴落屋檐，连成一串串思念，那是你微笑的脸，飘过雨帘，在我静倚的窗前，慢慢来我的心间。轻轻闭上眼，你的笑容越发清晰可见，无须描摹，已绘成一幅生动的画卷。

本不喜欢下雨天，那份落寞让我伤感，因了你的遇见，我愿重拾被打湿的文字，放在心灵的幽居处，让它一点点变干，直到落字的伤，无绪的念，随年华走远，不再涌起波澜。

雨只是雨，你也只是你，雨的清愁，你的淡然，却让雨中的你，穿越千年，丰盈我走过的每一处风景。红尘陌上，山水相依，风月相伴，谁渲染了谁的流年？谁又邂逅了谁的一世尘缘？

就这样静静地想你，花叶落满地，眼角便也溢满情意，只是你总也走不出我的泪滴，在望着你的远方，悄然滑落一地。你在哪里？那一卷清词，我怎么吟也吟不出你的足迹；那一曲笛音，我怎么听也听不到你的低语；那一段留白的光阴，我怎么寻也寻不出你的声息。

如若，有雨的日子便有你，我唯愿从此只有雨季。你在青石板的小巷里伴雨而去，一回眸，见我相思碎满地。你是花、你是月、你是诗，你是岁月里的美，你是人生一场醉。雨亦绵绵，情之所起，你的脚步在江南烟雨的梦幻里，一遍遍走过我心里，我的整个雨季便只有你。

佛说，前世五百次的回眸，才换得今生的一次擦肩。我们今生的相识，定是前世菩提树下静坐千年才修来的尘缘。我立于佛前，虔诚祈祷，愿我今生的万般相思、万念痴情换得来世的一场相恋！

你就是我的岁岁年年

忽而，秋已深。一切也都变了模样，落叶花红，雨痕薄风，落霞长亭。谁在季节的门楣把岁月转凉，仿佛秋的世界便会有忧伤，亦如，有些日子总不是那么闪亮，有些心情总会刻满沧桑。

曾经以为，走过的万水千山只是漂泊；曾经以为一草一木只有单调的色泽；曾经以为花开花落只是尘缘蹉跎；曾经以为天涯尽处只是一个人的尘世烟火。回眸处，春色迟迟，逝水流烟，千年匆匆的辗转已化作眉宇间的一世寡欢。

生命中的缘总是那样不期然，隔山隔水的昨天晕染了花开彼岸的流年。佛说：万发缘生，皆系缘分。唯美的遇见一次就好，灯火阑珊处，那最深的眼眸就是你驻足、停留的缘由。是谁在奈何桥畔，吟一曲最美情缘？

你是阳光融化冰雪，你是清泉滋润心灵，你是那满山的葱茏唤醒着消沉的生命，你是那红尘一梦丰盈着每一个曾经。席慕蓉说："不要因为也许会改变，就不肯说那句美丽的誓言，不要因为也许会分离，就不敢求一次倾心的相遇。"是你，给了我那么多美好，让我在心里拥有一个烂漫的春天，我只想贴着你的温暖，一起走过岁岁年年……

我会在一溪湖水中看到你的微笑，在光阴的脚步中看到你的深情款款，在一纸明媚里看到你的阳光灿烂。或许，爱情就是一程山水一份感动，一处风景一抹柔情。在流年的印记里，总会住着那个爱过的人，还有一起走过的路。每每想起，便有缕缕馨香柔软着心房，旖旎着那段过往。

好想，翻开经年的辞章，为你填一阕词，为你低吟浅唱；好想，着一袭红装，在相约的路口，与你深情相望；好想，拥着你的臂弯，向你诉说地久天长。有时候，爱就是这样简单，只是想起，便有心湖波澜。爱的渡口，我痴痴地念，不管峰回路转，无论沧海桑田，我是你不了的情，你是我永远的岸。

这一天我终于知道，遇见了爱情，就遇见了美好。只要有爱，生命便是一树花开。在最深的红尘里与你相爱，于我，已历经了千年等待，我不是佛前的青莲，只想与你安放一份执念在彼此的心海，情深意浓，日月婵娟，许你苍山不老，相惜相伴，你就是我的岁岁年年……

恋雪 舞霓裳

雪花不缓不急地落下，宛如一桩桩心事开成了花，散落于天涯。轻抚花瓣，转眼却已是素手水颜，觅之不见。这片片洁白，仿佛是你送给世界美丽的哈达，纯净得，一如母爱般纯洁无瑕。

漫天飞舞的雪花啊！你用你的深情，惊艳了唐诗宋词；惊醒了暗香盈袖的倾城女子；惊动了百树梅花的竞相绽放。或许，一年的时光太久太久，望穿秋水的等待难言相思的离愁，你用你的方式赴这场冬的邀约。一山一水一世界，一草一木一菩提，人生的行程里，谁又做了谁的约客？谁又丰盈了谁的生命？

在冬的世界，恋上雪，涌动的思绪亦如她曼妙的轻舞，浅淡、清新、飘洒在徒步的俯首低眉间。

叩响时光的门扉，随片片雪花闯入银装素裹的清晨，谁屏息了世界的声音，不然茶水交融的声响怎能如此清晰？就这样坐在窗前，静静地、静静地等待光阴流转，暗送华年。不觉间，清香的文字缠绕着这淡雅的纱帘袭上心间，挥墨抚案，却又无言。沸腾的文字啊！你能否让心一直素简、淡然？我不敢推断，只希望这样永远永远……

如若绵绵的细雨能寄情于相思，那片片落雪，怎么也诉不完的别离清愁？洒落于鹊桥上的素心莹雪，是否已种在了牛郎织女的心头？席慕蓉笔下那棵开花的树，乳白的枝丫，是不是相思白了头？此时，你又明媚了谁的眼眸？无声的眷恋，又是一个慢慢的春秋。

一串串轻浅的脚印，是我留给冬的温暖。蓦然回首，那个烛光映雪的夜晚，你就在庭院，眼底的温暖，穿过前世今生的祈盼。挥舞长袖，霓裳飞扬，为你舞一场倾城绝恋！

回眸间　一世牵念

或许，人生是一场宿命。在灯火阑珊处，总有那么一个人在静静地等你，等待一场前世今生的相逢。行于阡陌红尘，一切相逢皆过往，只为寻君云水方；万千繁华皆抛却，只为与君地久长。

前世我是开在你枝头的花，为你倾尽芳华，努力绽放。你叹我、疼我、惜我，但终成落红，化为奈何桥边，你流不尽的相思泪。你没有喝孟婆汤，纵然地老天荒，也要记得我的模样。今生，我瘦了红颜，与你在隔世光阴里相望，即便一丝发的飘动，也会让我熟悉得心疼。

等待多长，一颗心的距离；思念多远，花开花谢间；情意多深，三生三世的相恋。我涉水而过，寻君长江尾，那一抹忧愁潜在。江水之上，那是你吗？回眸间，山水失色，星月失辉，你的温情在我的心头泛滥，我却无力阻拦，从此，只为你素颜清欢，柔情寄诗篇。

更加喜欢安静了，因为你会悄悄地来，在每一个晨起的眼睑里，每一个暮落的眉宇间，想你，是心底的暖。这一天，我终于知道，一首相思曲为谁赋？一段离人泪为谁流？一阙缠绵词为谁吟？一生红尘梦为谁倾？我穿越流年风霜、烟雨街巷，只为你而来，我的心只为你而等待。

今生爱上了淡淡的紫色，有人说紫色代表浪漫，我和你的身边总被紫色铺染，哪怕是静待光阴流转的一瞬间。那份美好，那份缱绻是我惹不尽的情丝千千、情意绵绵。

旖旎月华，婀娜云姿，我为你红袖添香，你为我素笔画眉，你浅笑安然，我低语羞颜，嫣然情意深几许，但见君心似我心。

这一世，江水畔的一回眸，惹我一世牵念。从此，不愿做佛前的青莲，只想与你红尘一爱，芳菲流年！

落花时节又逢君

我曾经那么喜欢，着一袭素衣，徜徉在花瓣飞舞的小径，一转身，便是最美的曾经。这份淡雅和着花色，谁说不是流年里值得我们回味的风景。

是我踩疼了时光，还是时光流转的缝隙间，我恰好走过，那份忧愁却总在俯首低眉处，悄然散落。

又是一年春深处，落花飘零别旧梦，花落花飞知多少，几许闲愁袭心头。我轻挽衣裙，俯身捡拾起清风摇落的花瓣，花香犹在，年华已改。万念红尘，一切繁华皆过往，怎奈幕落的凄婉，徒留空悲叹。

我慢慢起身，裙褶里却收藏了那不忍离去的花瓣，我好生疼惜、爱怜，欲想带它们走进明年的春天。是什么唤你来到我的面前，怎么眉间还有前世的牵挂？你话语浅浅，却惹我清泪涟涟，你看向远方，却见你眼角里刻下的忧伤。沿着铺满落花的小径前行，徒增无限悲伤，一个脚步便沉淀了万千无奈，万般凄凉。

如果缘分是一朵花开的时光，我希望百花永远绽放。可落花怎解人意，谁又能把一切美好盛放？我的文字里有落花时节又逢君的薄凉，已然我的心已被你收藏。

花开有爱，花落有时也有情。苍茫人世，情深缘浅也枉然。有一种离别，叫望你远行，"念"在心中疼；有一种情缘，叫山高水长，把你遥望；有一种思念，叫抚琴一曲，空对月；有一种落寞，叫梦里小径独徘徊。

我们转身而行，落花飘落一地的深情，那一袭素衣，迷离了前世今生，依稀如梦。此一别，便经年，花开花落一世间，各自珍重，一念心安！

一朵尘花盼芳华

如果我要远行，只有一路花香，才能让我坚定；如果我要做梦，唯有满园芬芳，才能让我别无奢望；如果我要拥有爱情，必有馨香满怀，才能让我醉了心海。

红尘路上，谁不爱繁花似锦？谁不爱芳香馥郁？掬一捧花香，轻轻吹拂，让每一丝空气都香甜如醴；每一滴露珠都深深着迷；每一片落叶都轻声叹息。那些缠绵的花事啊，你为什么总是映红了姑娘的脸庞，躲藏着每一个行人的观望？

一朵尘花，静静地开放，无声地落下，天涯无归客，寂寂人生，情奈我何？吹一支清笛，怎么就触动了黛玉的心灵，让她泪眼婆娑？拥一轮满月，怎么瞬间瘦弱了身躯，淡却了光芒，忧伤成歌？

或许，生命里，我们总在自己的愁绪里，描摹别人的美丽，那一幅幅韵味深远的写意图画，感动着每一个别人，谁知每一个自己仍然在无奈着。

当远山如墨，在岁月的行程里，静静地数落着指缝间流走的时光，仰望夜空，那颗最近的星，为何每天都闪烁着冷峻的光芒？如若流年有情，那情又在何方？

有人说，情定缘起只是一瞬间，我轻轻点头却无言。青树翠蔓，柔风拂面的那一天，微睁双眼，彩翼翩翩的蝴蝶飞入了我的心间，从此，相思片片，情意绵绵。

一朵尘花盼芳华，只为绽放最美的容颜，惹得蝶儿轻舞在花瓣，用浅浅的语言向他诉来世的心愿——复此从凤蝶，双双花上飞。

不负春意不负君

一不小心我抚去了春的面纱，那顾盼生辉的眼眸，粉面若羞的脸颊，让我好生爱怜。漫漫风月，红尘世间，谁动了谁的念？谁又让谁一世流连？

春娉婷而来，携一缕暖风，在我耳边轻语难言的情话，谁曾想？竟被百花听闻而去，惹得她们争奇斗艳，盈盈笑颜。我们岂敢再耳鬓厮磨，岂能再情意缱绻，转身相对，醉在心间。

那一抹绿意，翠了山，翠了湖，翠了芳草，翠了一帘春梦。我裹着一袭春色，走进你的春天，重温前世春天里的一场遇见。风轻云淡，莺飞鸟鸣，彩蝶翩翩，我在花间呢喃，你用美丽的花环装饰我的发，陪我一起追逐蝴蝶，嬉戏、玩耍，回眸的刹那，你已将我的浅笑收藏，我只想把你的样子勾画，有你的海角天涯，纵然山高水长，却烟雨迷蒙美如画！

春天的笔，一定可以妙笔生花；春天的文字，一定可以芳菲万年，我要把你嵌入我的文字里，氤起芬芳，当有一天我们老去，文字的痕迹里依然跳动着那些曾经的一往情深。

春天的日子里，邂逅一场细雨，雨打芭蕉声声脆，轻润窗台点点湿，洒入溪水微微涟漪，轻抹草色片片晶莹。雨帘斜织，柔情几许，犹如你的轻轻一诺，语不重情且深。真的好想，走过江南那梦幻般的雨巷，做你那心中的丁香姑娘，妥帖在你的眉间心上，此生永不相忘。

春天总是和美好有关，"花一开，就相爱"，曾有多少人奢望春天的爱恋，因为春天有花香、有暖阳，更有"爱"，春意嫣然的爱怎忍辜负，而君，我又何以相负？

我愿一生享受你的灿烂

在流年的阡陌里,我带着百花一梦的期待与你邀约,你在光与影的交汇处款款而来,把色彩斑斓融入我的世界。

总有一种美好,隔着山山水水,穿过人世烟雨,在心里油然生长。这一刻,我听得见草木抽芽,林中虫鸣的声息,我看得见梦和梦的交替。我披着时光的彩衣,把花开花落捻成诗,把浅淡红尘谱成曲,在嘈杂尘寰里,吟咏爱染流年的欣喜。

在抚琴清歌的闲愁里,看到你明媚、绚烂的微笑;在临水照影的孤单里,感受你如沐春风的味道;在舞尽落花的落寞里,走近你卓然不群的孤傲。你的灿烂唤醒我隐匿在心灵深处的角角落落,从此,朝阳暮落,天涯海角,我把倾情的相遇刻在唐诗宋词里,刻在水墨丹青里,与时光对酌,与流水言欢,让它美丽着、婉约着、沉醉着……

时光清浅,行程匆匆。有多少人在爱情的世界里来来往往,却终成忘我的过客,独自忧伤;有多少人爱着美丽的"爱情",却在寻寻觅觅中化为南柯一梦。爱了、爱着、爱过,依然爱着或再也不爱;寻找、相信、梦幻,接受现实或沉浸入梦,爱情的游离总是这样飘忽不定,世上最幸福的事难道不是被你爱的人深爱着?

真的不知道,我会遇见这样的一个你。我愿陪你看大漠孤烟,你会陪我细数流年,阳春白雪里的过往,还有内心的深情和向往,我会深深地收藏。

时光的经纬里,谁能不循着脉络的足迹兀自地生长?一生一世,辗转经年,总有那么一个人,会用他的灿烂消融你的绝世孤单,许你岁岁年年,一世安暖。当你因他的灿烂而灿烂,因他的存在而改变,这尘世将是怎样地深情和缠绵!

爱不老　情不荒

你的眼神不偏不倚地投入我的心中，来不及躲闪，更来不及逃离。我留给这个季节一抹嫣红，留给你一个羞涩的背影。

落满花雨的小巷，有你笑意暖心的模样。谁曾想？那婉约的心事，氤氲了一朵花的清香；那如丝的织锦，是绕过指间最美的情长；那诗韵里的脚步，是走过红尘揽尽春光的念想。

我不用想你来自何方，一卷清词里有你熟悉的脸庞；不用想千山万水能有多长，你的目光里有望不到的远方；也不用想风遇流年会不会有薄凉，你的眉间可暖所有的清霜。

那是你吗？一个暖暖的午后，伴着几缕阳光，飘然来到我的身旁，在我耳边轻唤我醉入云影的梦。我真的不知道，有你的梦是如此美好，犹如静倚轩窗，看一场繁花的盛放。好想把你的色调描摹，但慢慢睁开的眼帘里，还有你杨柳岸边许下的地久天长。

或许，我们对爱情都充满怀想，但又有多少人在爱情的世界里来来往往，却没有写意成地老天荒。如果缘分是一首诗，我们为何不把它的韵脚轻轻收藏，当云霞满天的时刻，大声地吟诵成"珍惜莫相忘"。

从来不知道，自己那么喜欢漫步于盈盈河畔，弱风抚眉的那一刻，有多少对你的深情眷恋。静下来看水看云看柳烟，听风听蝉听心曲。一缕长发绕相思，此情绵绵寄君知。

"爱"是多么美丽的字眼，自古红颜一醉为君痴，君舍繁华为情狂。我不曾想爱的力量，只是想起你的笑，这一程山水便失却了它的颜色。为了你的到来，我抹掉所有的不快，就连呼吸也盛装以待。在将要前行的夜晚，我已把信笺装入行囊，在生命的每一个驿站，为你展开，写上满满的字句，只关乎彼此，不语风月，不言季节。

好想，在淡淡的清晨，为你端一杯茶，看你幸福地饮下，慢慢将我拥起，一起看蝴蝶在花间嬉戏，共享第一缕阳光的暖意。睡梦初醒的鸟儿在枝头对我们轻唱，我们相视无语，浅浅的笑容便溢满柔情蜜意。

好想，在一柳春色的小径里，你轻轻挽起我的手臂，问我："可不可以陪我一起走？"就这样，我们走过每一个晨起，每一个暮落，一直到苍颜白发。岁月匆匆，陪伴依然，一生相守，倾世温暖。

好想，我们一起携手、执笔，在三生石上刻下我们的名字。于是，每一分，每一秒都有美丽的期许：爱不老，情不荒！

岁月里，那抹依心的暖

一袭风，于时光深处轻轻飘过，吹皱了细波轻柔的小河；吹开了娇羞欲放的花朵；吹散了红尘陌上那或多或少的落寞。是谁？循着季节的脉络，静静地铺染着心底的暖色，在喧嚣过往里，与风儿缠绵成尘世的美好与超脱。

人世浮沉，轻舟过处，谁没有幕起幕落的悲叹？花开花落的苍凉？潮来潮往的心伤？当你把天涯尽处的那份薄凉深深掩藏，只剩下无法吟咏的一阙诗行，倘有一缕阳光照进心房，该会是怎样地感动和难忘？

走过漫漫风月，走过山高水长，总有那么一个人，想想，都是暖的。他带着花间暖阳，把你染得灵魂生香，护得生命越发地蓬勃和茁壮。从此，光阴含笑，岁月温良，每一个日子都写满莫失莫忘。

于千万人之中遇见你所要遇见的人，是多么美丽的事情。"美丽"从来不是一个"单薄"的词，不似晨间晓露，瞬时无影踪；不似镜花水月，虚幻难成形；不似林中倩雪，踏泥便消融。当那份温暖，丰盈你走过的每一个瞬间，世间还有哪一种"美丽"比这更深情、更绚烂？

你说："有你在我身边，我不会让时光蹉跎。"我说："我要把所有的记忆都细细地描摹。"就这样，在溢满芬芳的四季，我们一起慢慢走过。有人说，左手烟火，右手懂得，才是最美好的生活。真的不知道，我用来取暖的，哪怕只是你的名字，都可以做到。

前世，你是花吗？为何一直在我的心头妖娆；你是泉吗？怎么也饮不尽那甘甜清冽的味道；你是烟雨吗？迷离了我今生的情牵梦绕；你是星辉吗？灿烂了我来世的光阴曼妙。

生命中的温暖，是春日共赏鲜花烂漫，是夏日伏在叶间一起听蝉，是秋日牵手看远山，是冬日雪落共白头的浪漫。最深的爱是地老天荒，最真的暖是长情陪伴！

因为有你，我不怕日子的平淡，不怕风雨的漫长，不怕岁月的无情妆。守着心底的安暖，把笑容编织成花的模样。你就是岁月里，那抹浅醉的念，那抹依心的暖。为你，我把深情安放，把一生的爱慢慢珍藏……

美丽心情　安暖新年

刚刚睁开惺忪的双眼，年的容颜已显现在脑海。那甜甜的酒窝，写满温暖，是那么让人眷恋，那么让人牵念。

总有一种情怀，犹如潺潺溪水，是如此自然地流淌进心灵；总有一种记忆，在风语呢喃间，悄悄爬满眼睑。妈妈的风筝线还在心头缠绕；纸裹的糖果味还在舌尖蔓延；新衣的好看还在让我想念。年的脚步近了，用美丽的心情安暖这个新年。

大街上拥挤的人潮里那个身影是我吗？脚步在缝隙间行走，笑容却在阳光下灿烂。一缕春风乍暖还寒，掀动我轻纱的头巾，心也灿烂。满满的双手，弥漫着年的馨香，飘过街巷，沁入行人的心房。轻柔的音乐响起，新年的画面轻轻展开，是谁逗乐了画轴？顷刻间，人人尽是笑颜。是谁的嘴角边，还有饭渍的沾染，抚着画面的衣衫？

角落里，还有我未打扫的灰尘吗？推着桌角，掀着窗帘，除尘迎新，舒心、坦然过新年。展一张喜乐红纸，学书中方法，剪一"福"字窗花，贴于窗前。福运照，年来到。年的心事，谁人不懂？谨呈一份祥和，一份温情赠世人。这个"福"字是我一年的祈盼，祈盼爸爸妈妈平安康健，祈盼儿女幸福快乐，祈盼人生路上温暖常伴……

夜色将晚，过年的那些事又浮上心间。妈妈准备的那顿除夕饭，总是那么让人留恋；守年的困意里却没有一点难耐；兜里的压岁钱总是溢出口袋；走亲串友的夸赞装了满满一篮。想着想着，心花怒放。正如人们见面所说的"过年好，过年好"，过年真的好。甜甜地睡去，不知睡梦里，会不会花开如海，幸福无边。

人们说："如花美眷，也抵不过似水流年"，在似水流年里静静地老去，只要内心是快乐的、幸福的，就没有年华流逝的怅惘，容颜暗淡的哀伤，用美丽的心情，安暖这个新年！

相知无言

　　萧萧参加一个朋友母亲的生日宴会，宴会上流光溢彩、灯火通明、高朋满座、酒香四溢，配着一首歌曲《母亲》，让人们在欢声笑语，兴致高涨之余多了一份感激、感动。人们谈论着母亲，谈论着生日宴会，谈论着工作，谈论着儿女，萧萧坐在那里用纸巾慢慢擦拭被雨水打湿的脸庞、头发、衣服。天公不作美，赶上阴雨的天气，一百多公里的路程，只是撑伞去搭车，下车去酒店的这段路已经让她狼狈不堪。

　　宴会开始了，朋友对客人一一介绍，然后客人都会举杯祝福母亲，并送上祝福语。听惯了这么多祝福的话语，她心里给自己一个总结，只记得他们是为母亲祈福，别让这些填满记忆，不给其他留有空隙。有一位客人举杯站起来说："我自我介绍吧，我姓陈，单字'玉'，玉石的'玉'，在银行上班，很荣幸参加这个最伟大的母亲的祝寿会。世界上有一种最美丽的声音，那便是母亲的呼唤，我们无论身在何方，母亲的呼唤伴我们成长。在此，把最深挚的祝福，送给今天的母亲，也送给天下每一位母亲。让我们共同举杯祝愿今天的母亲福寿延年、儿孙绕膝、笑声常伴。"一向不饮酒的萧萧，也情不自禁地站起与众宾客齐饮。"陈玉"，"玉"字多好啊！玉则，晶莹剔透、温润厚泽、质地纯净，几近完美。她在心里默念着。他的语言如此动情，对母亲的爱蕴含其中，对天下母亲的赞美更饱含在字句之间，怎能不让人感动？他的举止优雅、谈吐不凡，风度卓然不群，神情专注坚定，好似参加过形象、气质、人格方面的专业训练。她记住了他，一个完美得让人连名字都不敢再触及的人。朋友介绍她了，她唯唯诺诺地站起，报上姓名、职业，说几句祝福语。性格内向的她很少参加这样的场合，更不适应这样的场面。她拘谨得好像没有了笑容，躲避着所有人的目光，只想赶快蜷缩在自己的角落里，独自度过这难挨的时光。

宴会终于结束了，萧萧凝神深呼吸，把快要跳出去的心收回来，撑起雨伞，走入雨中，去车站搭车返程。此时的雨好似跟她有仇，没有一丝温柔，倾泻而下，直接从雨伞边缘打湿她半边衣服。已值深秋，她瑟瑟发抖，拥抱双肩，伞柄在左肩边来回晃动，雨水匀称地打湿着原本没被打湿的地方。还没有找到车，过往的车辆都有人乘坐，寸步难行，如果心中可以发下怒火，也可暂时取暖，只是没有力气而已。只听得一个声音传来："我可以送你吗？"她用手抹掉脸庞的雨水，抑或是泪水，只看到他已把车停在她的身边，是陈玉，她依然本能地迟疑起来。他说："相信我，我是你朋友的朋友，不会吃了你。"他诚恳坚定的神情，让她相信了他的正直善良。她心里盘算着，人家是有工作单位的，又是朋友的朋友，不会有问题的，此时的境况也只能如此了。她坐上他的车说："我去车站。"他说："如果你相信我的话，我可以把你带回家，我们是老乡，今天我刚好有点业务需要办，顺便回家看母亲。"看着他微笑的坦率真诚模样，她又一次相信了他，心里仍然盘算着，大白天的，再说人家如此仪表、地位，怎能看上一其貌不扬的普通女性，想到这些，她心安地坐到车上。

雨下得仍然很大，视线不好，车子速度很慢。他从车的后视镜里看她在那里瑟缩着，对她微笑，她也勉强一笑。后视镜里他的笑容是那么温暖，在俊秀的面容衬托下，更加显得亲切，仿佛已相识千年。她心里不知为何，有一股暖流在流淌，是千年时光积聚下来的能量吗？她锁眉疑问。他好像知道她的心事，开口说："我感觉你的性格里有些许忧愁，你容易见花落泪，听曲伤心，伤感是你生活的主旋律。"他如此明察秋毫、洞悉能力之强，让她佩服。她面无表情地点点头。"如果我说得不错的话，你喜欢用文字来表达你的心情。"她不敢相信他说的话，他是从朋友那对自己有所了解吗？他说："你要问一下你的朋友吗？"又被他看穿了，此时她感觉他的眼睛里有一道闪电，一下刺进她全身，五脏六腑清晰可见，她透明了，局促不安起来。他又露出他那温暖的笑容说："我不是你的镜子，我只是对你表面有所了解，你的世界我还完全不懂，可以说说你吗？"她的心慢慢平静下来。萧萧不是一个爱主动提问的人，也从没有话题要说，很多时候她都是安静的，一路下来，都是他问她答，她像一个犯人，坦白无遮掩，坦诚无隐瞒，度过了这两个多小时的愉快风雨路。临别时，他说："让我做你的粉丝，好不好？有了新的文章让我拜读一下。"于是他们交换了联系方式。

一场不期而遇的相识，温柔了萧萧带有棱角的岁月，幸福了她伴有忧愁的年轮。生活变得鲜活了起来，工作、家务、写作、逛街、健身，似乎变得有条不紊起来。上班途中，开始喜欢欣赏路边风景，一切都增添了生动的色彩，有时还会不自然地笑起来，只因想到了他的一句话或是一个笑容、一个动作。她很幸福，只因有他。

他很忙，主要是工作，他是单位里的高层领导，在单位起着举足轻重的作用，宴会那天，雨下那么大，还有单位里几个人打电话请示工作，他说："不是已经在路上，还要去单位里看一下的。"但是萧萧空间里的更新，他从不会漏掉，那些抒发心情的文字，他总是特别关注，心情好的他回之以笑脸，心情差的他会问其原因。她有一句心情日志这么写："抬头有泪，低头忍痛，时光煮雨，生命如风。"他看到之后立刻打电话过去，焦急地询问她："你怎么了？怎么这么伤心？"她听到他浑厚的声音，还有因担心而急促的语调，她哭了，他更加着急，说："我回去看你。"她说："没事，只是有点不舒服，老毛病又犯了，吃了药了，已经好了。"电话那边只听他长长舒了一口气。她又哭了，在万千红尘里相遇、相识，是他给了她那么多的关心、关怀，怎能不让她感动？是上天对她的眷顾？是前世她积下的恩德？还是今生她的博爱……她庆幸不已。"好了，改天有时间我陪你去找一位老中医，你好好休息。"仅一句"好好休息"让她酣然入梦，彻夜未醒，一扫往日的难以入梦，夜不成眠。

一天，萧萧接到他的电话，说要回来办事，看母亲，顺便看她。她惊喜万分，手舞足蹈，对着镜子看自己的笑容好不灿烂啊，如若阳光在脸庞安了家。挑拣柜子里经常逛街攒下的衣服，只为呈现在他面前最佳状态下的她。中午他忙完公事，推掉一切邀请，回家陪八十多岁的母亲吃了一顿饭。下午打电话给她说："我们去散步吧。"正如她所想，他总是这么了解她，就像她大脑里装着他的验证器。他们沿着河边，并肩而行。一时间，她似乎看到了小鱼在嬉戏，柳条在长高，花朵在次第开放，美丽小径在无限延长，她陶醉在此，景不醉人人自醉，只为眼前人，突然脑海中蹦出一个画面，她自信地认为，在他的映衬下，她们像在演偶像剧。他说忙碌的生活让他忘记了什么是悠闲、清静、安逸、心怡、情操、雅兴，失去了精神的追求。他说从她身上让他看到了生活的本真，跟她在一起很轻松，也很开心。她微微一笑，他懂了，她也很开心。他说她写得很好，要她继续努力，他会一直做她的粉丝。他分析她的文章，精点细评，字字句句准确到位，一个经常和数字打交道的人对文字理解如此深刻，让她佩服之至，有些词语他分析得让她都自叹不如。他时间有限，又有电话响起，催他回去，临行时，他给她约定，有时间就回来看她，他温暖的笑容再次沸腾了她的心，她看他的背影，凝神伫立。山水相依，琴瑟相知，皆是因懂得与相知，今后他在与不在，他都会一直在她心里。

　　他们依然电话、微信交流，他忙中偷闲地给她汇报一天的忙碌内容，开会、见客户、忙检查……她常听常新，百听不厌。她也给他讲述发生在她身边的琐碎事，这样的日子充实快乐。突然有一天，他告诉她单位有点事，需要几天处理，让她别担心，接下来几天音信全无，她电话打了无数，微信发得几乎刷屏，也无半点消息，可怕的想法在脑中一一浮现，"他去哪儿了？他去哪儿了？"抱怨自己不生有一双慧眼，可以看清他的方向；不生有一双翅膀，可以飞到他的身边，几天魂不守舍的生活不知怎么度过的。电话响起，是他，她恨不得把手机吃掉，又怕万一按错，接不到，她没敢说一句话，怕她的声音影响到他的声音。他说："没事了，事情处理好了。"好像这几天的时光让他沧桑了好多，声音沉重且无力，此时疼痛像一张网，把她的心牢牢网住。她声色俱厉地说："为什么不告诉我？让我陪你一起分担，哪怕无法分担，也至少有我的陪伴。"他说："不想让你为我担忧，更不想让你看到我的无奈与不堪，我想呈现给你的是我光彩的一面。"她低头不语，早已泪流满面。

　　不知从哪天起，他成了她过分的依赖，正如他所说，忧伤是她生活的主旋律，烦恼、忧愁、困惑、不解总会见缝插针地闯进她的生活。她总会求援于他，仿佛世间事没有他不能解的，的确，他哪怕只有只言片语，便让她一切烟消云散。有了他，她的生活明朗很多，乐观很多。甚至于她的衣服不知好看与否、胖瘦与否，也要拍个照片发过去，让他参考，殊不知以前没有他的日子是如何度过的。

　　一个周末，他又抽得一天时间，说专门回来看她，她推掉了手中的事情，专门等他，他如约而至，隔着马路远远看她，春风满面、温暖如初。怎么了？没等他走过来，她已走到他的面前，他从手提袋里掏出一个纸盒："这是我给你选的礼物，一顶帽子，天冷了，戴上它吧。"她接过这个礼物，心想这个冬天不会再寒冷。浅相遇，深相知，时光清浅，繁华几度，心悦一份相知，珍惜一份懂得。电话也像提前有约似的，不依不饶地响起来，是朋友约他一起吃饭。他说："你愿意和我一起参加一个我要好朋友的宴会吗？"她说她害怕这种场合。他说："我会护着你。让你彻底了解一下我。"她只好随他。他们到时，朋友们已经在那里等待了，顿时，掌声四起，笑声到处飞扬。他介绍她之后，她选一个美女旁边坐下，静静的，一言不发，而他掀动了整个场面，在朋友的群起攻击下，他力挽狂澜，酒不但没多喝，反而少喝了。看他镇定自若地站在那里，一手酒瓶，另一手酒杯，语言犀利、幽默、谈笑风生，风采掩盖众人，她在心里称赞他："酒桌上的君王。"突然有人提议说："让美女喝一杯。"他履行了他的承诺，护着她，没让她喝，她庆幸他们没在纠缠。他看她只是静静地坐在那里，也不吃饭，就和她旁边的美女调换了一下位置，专门给她夹菜，别人夹在他碗里的菜他也夹给她。正如他所说，让她彻底了解他，这又让她看到了一个幽默、风趣、自信、阳刚又细心、体贴、周到的他。

他微微醉意，她去买瓶酸梅汁帮他解酒，不能开车，他说难得回来一次，再陪她走走。她们这里，夜晚也有着大都市的风貌，灯光闪烁，音乐四起，人们白天忙碌，夜晚出来透风、消遣，大街小巷比白天人还要多，商店、酒店门口的人们络绎不绝，夜市上的拥挤也让人望而却步。他们来到公园，立感神清气爽，锻炼的人们感受着湖水波澜不惊的宁静美丽，吹着湖面轻柔的风漫步向前。"时光同语，岁月静好，我知君心，君亦懂我，清风为笔，月为诗，君执清风，我邀明月，画诗行"。

他们只是这样走着，无语，生怕语言扰乱了此时内心里美好的情愫，美丽的心灵之约。远处有音乐声传来，他们循声而去，原来是露天点歌台，十元三首。他说："你会唱歌吗？"她不好意思地说："唱不好。"他说："给你点几首吧，唱给我听。"她本不想唱，在公共场合，过往行人那么多，实在羞愧，心想也不请她去高雅场所，但他说唱给他听，她竟然这么乐意，丝毫没有推托。他的霸道，他的阳刚，他的率真总能让她俯首就擒。她听话地唱起一首《完美女人》，她喜欢听陈瑞的歌，沧桑中带着淡淡的忧伤，总像有唱不完的凄美故事。她富有磁性的好声音，也令她几多迷恋。她刚唱两句，下面已经掌声不断，或许是对她的鼓励,他也跟着人们一起为她鼓掌。因为有了他的认可,她劲头十足,接下来又唱了一首陈瑞的《心中刻上你的名字》以及云菲菲的《伤心城市》。他说:"你还有多少优点,是向我隐藏的?"她无法回答他,哪里有什么隐藏,只是红尘过客里,谁又能在谁的身旁等待,谁又能让等待负了似水流年、韶华灿烂。苍茫人海,有他的驻足停留,她已祈祷上苍,许她此生相随,不待今日成追忆。他说:"你就像你唱的那首歌《完美女人》一样那么完美,我需仰视。"这句话把她逗乐了。她笑着说:"我有那么完美吗?"脸羞得通红。

　　她该回家了,他没有开车还坚持要送她。前面正好来了一辆三轮车,他摆手示意师傅停下,他们上了车,三轮车好像电不足了,行得很慢,正好再欣赏一下此时心情下的小城夜景,更加美丽、更加迷人,让人玩味未尽,心无归意。她素有怀旧情怀,坐在三轮车里心里安然、顺意,胜过所有豪华轿车,如若是过去的人力三轮,她定会挑个身强体壮的师傅,转个周边。一路上,他沉默不语,她问他在想什么?他说还沉浸在对她歌曲的回忆里。他又笑着说:"你的心中什么时候能刻上我的名字?"她说:"从没有忘记你叫什么名字啊。"把她安全送到家,他让师傅原路返回,三轮车的响声搅乱了夜的安静,渐渐远去的车和人的背影,却拉长了她的视线,带给她内心最深的感动。夜色里,她仰望天空,是谁把那颗最亮的星星送到了她心中。慢步上楼,内心久久不能平静,是电视机的声音遮盖了她的心跳声。

　　幸福有时来得总是那么突然,她身体不好,体弱多病,有跳舞的习惯。一日,一个转身动作,让她看到了他,她心里突然缩了一下,好紧张,一个舞步让她跳得错七乱八。他依然微笑着看她,她赶忙一个箭步跑到他面前,埋怨他:"回来为什么不告诉我?"他说:"想给你惊喜,看你跳舞。"她没有理由再埋怨他,只剩下紧张的羞涩。他说:"你跳吧,你身体不好,锻炼锻炼有好处,我欣赏,我说过做你忠实的粉丝。"她又跳起来,多了些心事,舞步总是跳错,他仍然欣赏着她这杂乱无章的舞蹈,她便心生歉意。生命中能有人如此关注、欣赏、爱护自己,她幸福不已。幸福是一场美丽的遇见,深深地相知。当你想看山,就会有万重山峦绵延跌宕;当你想看水,就会有千里静川九曲回环;当你想闻花香,便会有迎风怒放的山花烂漫于山野。泪水是她眼睛的常客,它总是不请自来,难以相送。

生命里，她用孤独看人生，用忧愁度岁月，谁曾解她愁肠百结，冰点心怀。这场美丽的遇见，深深的相知，撞了她一个满怀，让她喜悦却不敢伸出双手去迎接，不知它会不会刹那间飘向远方，不再归来，化作永远的等待。因为世间事让她深知美丽的东西总是易逝的，泡沫影像也时常会在身边呈现，正如他所说，她性格里的致命缺点就是从没有自信去迎接美好的未来。她依然忧伤、失望，只认为这才是她的生命底色，实属正常。

　　正如她所设想，一切都是那样"顺理成章""不改方向"。秋日的午后，他约她散步，还是在那美丽的小径，他们依然并肩而行。她喜欢秋天，因为上帝把所有的韵致、优雅、情调、内敛都赋予了她，还因为是在秋天里结识了他。过往的行人叽叽喳喳闹个不停，他们依然话语很少，或许是在体会秋的心情。一阵秋风吹过，掀动了她的大衣，吹乱了她的头发，远没有春风那般轻柔，她整理起自己的头发和衣服，有几缕发丝竟然贴在了他的衣服上，他用手指柔柔地抚顺她的头发，用深沉的眼神看她，但却没有语言。她逃避着他的眼神，不敢看他。过了一会儿，她抬起头，用平静、友好的神情看他。他懂得她的神情，明白她的决定，相视无言。她说："我该回家了。"他声音低低地说："我送你。"声音低得几乎听不到。

　　当他用深沉的眼神看她，她的心底柔情千回，情感升腾，她不敢说这是什么？但是她又有什么资格让别人陪伴她的悲苦人生。他的世界风轻云淡、月明星疏，她的世界云迷雾锁、凄风苦雨。如果没有这个秋日的午后，如果没有这个深沉的眼神，他们或许会相伴终老，但是这些都已在生命里出现了，谁说不是人生定数，又怎能左右。她闭上眼睛，这个她不喜欢的客人又来了。她感谢这段时间他给她的温暖陪伴，抚慰了她孤寂的心灵，带给她内心无数次的感动，她感谢他的相知无言，让她给这段感情画了一个圆，化成永远的怀念！

第五章 此刻不知为何

白雪却嫌春色晚

冬来,一直期盼一场雪。那洁白的、妩媚的雪花,曾无数次轻盈入梦。这心心念念的雪花啊,你终是来了,当你舞出一个纯白的世界,我感动于你这场爱的抒情。

冬天的夜是安静的、漫长的,对于大多数人来说,有些寂寥,当推开窗,一朵朵洁白的小精灵从天而降,使得了无情趣的日子瞬间诗意盎然、生动鲜活。更是感叹岑参的那句"忽如一夜春风来,千树万树梨花开",雪落在褪尽浮华的枝丫上,怎么就勾勒出那么纯美的画面?抛却枝枝蔓蔓的缠绕,删繁就简,素朴淡然中透出玉骨琼枝的风貌,岂是过往的喧嚣可以相比的。是雪花,让我们理解了生命的深刻。

禁不住雪的诱惑,走进这个银白的天地,和雪花一起飞舞。我的衣袖被你栖息,你的飘逸让我迷醉。你穿过我的发,贴在我的脸颊,洒在我的睫毛间,浸润我的唇,偶尔还会掠过我的脖颈,在我的肌肤里慢慢消融。我爱极了这素心般的雪,你不去想寒冬给了你多少深情,不去想大地是否会记下你的曾经,只是这样飘飘洒洒,拼尽全力释放那纯真、炽烈的爱。爱无声却有形,亦如雪花,丰盈着爱的郁郁葱葱。

放眼望去,苍穹之下,白茫茫、透亮亮、明晃晃,一片银装素裹的世界。《沁园春·雪》只有雪,隐藏万物,施以恭敬,在一番透彻洗礼之后,除去污浊,涤荡尘埃,让万物焕然一新,呈现春的蓬勃。

一株垂柳,披挂了满枝的雪条,让我惊喜,微风轻轻摇曳着她的身姿,弱弱的雪花轻舞旋转，开成一朵美丽、圣洁的花。我惊异于自己的发现，人生中，是我没有一双敏感的眼睛，还是我忽略了身边入心的风景。我暂且不责怪自己的一意孤行，索性让自己爱上这雪柳的柔情。我知道，是这片片雪花给了人们洞彻事物的眼睛。

雪纷纷扬扬地下着，或许古人咏雪之作堪为绝妙，我的心中喷涌出诸多诗词名句。"千山鸟飞绝，万径人踪灭。孤舟蓑笠翁，独钓寒江雪""风雨送春归，飞雪迎春到""白雪却嫌春色晚，故穿庭树作飞花""风一更，雪一更，聒碎乡心梦不成"，句句妙笔天成，笔歌墨舞。是雪赋予了古代文人喷薄的才情，给后人留下千古传世之作，让文学艺术永远贴近人的心灵，深化人的思想，传承文化精髓，让文学之光千年、万年永远闪亮。

突然想到《红楼梦》里的一个画面，宝玉一袭长衫，凛凛然走在白雪苍茫的天地间，天地万物此刻化为虚无，世事繁华皆成空，万丈红尘被远远抛在身后，风烟俱净。生在温柔富贵乡的贾宝玉从此孑然一身，是怎样的一种超脱和释然之境？从对胭脂水粉的热爱到虔诚的远离缤纷尘世，正如那句结束语"好一似食尽鸟投林，落了片白茫茫大地真干净"。乔叶老师在他的《送别》里也写道："人生就是一场茫茫大雪真干净。"真的有些伤感了，但有喜悦就会有悲情，人生山一程水一程地奔赴，幸福和泪水参半，我们应时不时歇一歇脚，让自己静心思索下一段行程，方得参透、了悟，这何尝不是雪花所给予我们的馈赠？

"绿蚁新醅酒，红泥小火炉。晚来天欲雪，能饮一杯无？"落雪的深夜，与友围炉夜话，烹雪煮酒。窗外雪落倾城，屋内暖酒半盏，酒不醉人人自醉，只因同是诗书人，抚琴一曲伴雪落，红梅朵朵暗香来。飘舞的雪花啊，我多么庆幸，能和你邂逅一场爱的抒情！

秋之吟咏

四季轮回的更替中,秋不卑不亢地来了。在天高云淡、澄澈如洗的长空里;在层林尽染,酡红色的夕阳下;在凉风习习,秋水长天的美景中。人们却以十足的热情,迎接着这没有任何铺染却极尽美好的秋。

王维的"寒山转苍翠,秋水日潺湲",范仲淹的"碧云天,黄叶地,秋色连波,波上寒烟翠",秋色宜人之景尽收眼底。罗兰说:"有人的眸子像秋,有人的风神像秋。"在古今诗文里,不乏赞颂秋之作,让人读来情思涌动,心绪起伏。或许是受其影响,闭上眼,即便不在秋天,秋的音容、姿态、品格、特质也会在我脑海里全然呈现。北方的秋天在四季中宛若中国画般黑白分明,在文字里不需要怎么着墨,也能判然不同、易分易感。

如此这样,在秋天里徜徉,更是有别样的感受。

秋天是有色彩的,它虽没有春天的五彩斑斓,明媚艳丽,却俨然是一幅色调厚重,意蕴丰厚,浑朴且高雅的图画。你看田野里,一株株带红缨的玉米棒与深青色的叶相映衬,没有晃眼的光亮,更显得敦实饱满。农人们剥开玉米,露出黄澄澄整齐的粒,你的口中会立即有松仁玉米的香甜和山药玉米煲汤的黏黏浓香。黑色的土地,承载的是沉稳的底色,带给我们秋的殷实和诚挚。秋天的山,没有了夏日的苍翠,林木顶端微微泛黄,叶片也夹杂着黄色,似是服饰的点缀,在秋的衣裙上添了些许生动,那份俊逸隐隐然间已告诉人们"天已凉,请添衣"。漫山遍野的连翘由鹅黄转为橘黄,再转为红黄,更为秋天的色彩作了具体的阐释。

"夕雨红榴拆,新秋绿芋肥""冲天香阵透长安,满城尽带黄金甲"。秋的收获，让秋天到处弥漫着诱人的香味，沁人心脾。走进果园，眼睛和鼻孔同时享受这醉人的秋意。一串串紫色水晶样的葡萄，挂在藤蔓，有了依托，也并不担心顽皮起来的摔跤；红彤彤的大苹果，定是看到人们羞红了脸；青黄诱人的香梨，有的挣破包裹的纸膜，露出丰腴的身姿；火红灯笼似的蜜柿子，喜庆安详。它们争相散发着体内蕴藏的香气，把无私的爱洒遍孕育它的土地和关爱它的人们，毫无保留。而这一切的爱之力量便是来自秋，秋就是如此境界高远，品格高洁，却"不显山不露水"，从不寻求，从不索取。

试想，秋夜里，滨水湖畔，一袭风吹皱湖面，而你站在岸边，遥望对岸的点点灯火，这是不是诗里的意境？或许，有一份寂寥，有一份忧愁，但却无法掩盖其间之美。林黛玉《代别离·秋窗风雨夕》里"已觉秋窗秋不尽，那堪风雨助凄凉"，一种清冷、悲凉之感让人落泪，但美人窗前孤寂，愁情满怀的身影，却总会让我们想起，无法忘怀。这种凄清之美，在中国古典诗词里一直闪耀着熠熠的光辉。秋总让我们想到秋愁，秋思，秋悲。张继说："月落乌啼霜满天，江枫渔火对愁眠。"范仲淹说："明月楼高休独倚，酒入愁肠，化作相思泪。"屈原说："袅袅兮秋风，洞庭波兮木叶下。"此中意境不是"悲戚""萧瑟"可以形容的，是诗人因景生情，感怀家国之愁的即兴之作，不乏繁华幕落，抒发本真之境。也因这份诗情获得了精神的回归，抛却利欲的追逐，在黑暗的世界里，独享内心的明净。当然，秋之意境也有优美、开阔、豪放的。王维的"明月松间照，清泉石上流"，刘禹锡的"晴空一鹤排云上，便引诗情到碧霄"，李白的"长风万里送秋雁，对此可以酣高楼"。这些经典诗作一如秋之丰韵，秋之纯熟构成了艺术的苍老之境，但思想精髓却永不苍老。

不消说，人们对秋总怀有一种深邃之情，不像春的新、夏的爽、冬的静，以不同人的喜欢之感简单地喜欢着，而对秋的热爱则更多了些意义上的理解和思想上的凝练，因此是深沉的，超越季节之爱的一种情，抑或是经历风雨沧桑痛苦磨难之后岁月印记里的相濡以沫之情。李煜的"寂寞梧桐深院锁清秋"，不是秋色赋予他亡国之苦闷，而是他的愁苦在秋色里得到寄寓，得到抒发，秋成了他的知己，成了他心灵的归属，此情可知。

想起秋天，我们会想到很多。

比如落叶，它完成了生的使命，把自己交给土地，在天地间，在轮回里，以另一种方式呈现着生的价值。

比如秋月，"秋空明月悬，光彩露沾湿""明月几时有，把酒问青天"皎洁的月光澄澈明净，不惹纤尘，那份光影轻洒在眉间，温柔、安恬，心灵似被圣洁之光普照，还有什么纷扰、贪念、悲愁是不能抛却的。比如秋水、秋月一样地澄澈明净且不失缠绵，总幻想有伊人在身旁，重演《诗经》里美丽的爱情诗章。

我还会想到马尔克斯《族长的秋天》里的一句话："他在自己的荣光中如此孤独，孤独地连一个敌人都没有剩下。"萨尔曼·拉什迪说马尔克斯以抒情诗般的不可思议的语言，写下了无人能及的作品。秋天是孤独的，正如族长的孤独。或许是马尔克斯的孤独成就了他的旷世奇作。孤独的灵魂是高尚的，天才是经常与孤独为伍的。在嘈杂喧嚣的尘世，如果你不去享受那份心灵的孤独，你就与"价值"两个字无缘，无论是自身的，还是社会的。孤独是一切思维的源泉；孤独是一切成果的根基；孤独是一切目标的动力。秋就是给你制造距离，却给你搬起了云梯。

行年渐长，再次品味秋天，更有深深的感悟和感动。秋是"美丽"的，这简单的词语却涵盖了很多，高洁、深幽、沉稳、超然等都在其间，都属于秋。踏秋而行，我把爱和深情融汇在每一片山河、每一株草木、每一片落叶、每一缕清风里，为秋吟咏！为秋壮行！

我和朱丽叶

因为名字的关系,我经常被人和朱丽叶联系在一起,甚至有人会打趣地叫我:"朱丽叶",更有甚者会诡异地笑着问我:"罗密欧在哪里?"我总是面红耳赤,无言以对。时至如今,朱丽叶一直如影随形地陪伴着我,度过无数个春秋日月,朝阳日暮。

当瘦弱的双肩还承载不了书包的沉重,稚嫩的小手还被铅笔累得酸痛时,听到这么一句称呼,我总会眨着双眼用不解的神情看着别人,心里也觉得好奇怪。慢慢、慢慢地,稍大了些,时间或许就是连接一道数学题两端的尺线,一端是问题,另一端是答案。我知道了自己的名字竟和大作家戏剧里的女主角名字异常相似,心里暗暗高兴,仰起了小脸蛋儿,甩起了马尾辫儿,骄傲地走过人前,无比自豪。

幼年时,不知从哪里得知,莎士比亚的这部戏剧是一个悲剧,无疑朱丽叶就带了些悲剧色彩,我也因为如此,在小小年纪里,变得郁郁寡欢起来。当有人这么称呼我时,我会几天没有笑脸,还会时不时被老师从"课堂的小差"里唤醒。暗暗埋怨爸爸为什么把我名字后面那个重叠的字去掉(因为怕长大后觉得名字幼稚,爸爸去掉了我名字后面重叠的字)。心里委屈,无处诉说。

时光如水,洗掉了我的懵懂无知、天真傻气。长大后的我,喜欢文字,不知不觉间已阅读了很多书籍,吸收了很多营养。一个个鲜活的人物形象如一张张粘贴板,黏附在我大脑的一层又一层,还会时不时掀动我心中的波澜,感动着我生命中的每一天。朱丽叶的纯真至诚、勇敢坚贞,为爱殉死的爱情悲剧更加让我感动。每每读到此书就会情不自禁地泪眼婆娑,欲读不能,几经擦拭,仍要深读。

于是青春年少的我，也像同龄人一样，憧憬着爱情的美好，渴望着地老天荒、至死不渝的爱情。如若上天赐予我真爱永恒，那舍弃生命又如何？年少的心热血澎湃，只为书中那份美好。

到了谈婚论嫁的时候，大人们说，要找一个对自己好的，向来乖巧懂事的我，也遵循着这个原则，在万千人海中努力寻觅着。爱情的语句说，总会有那么一个人在你必经的路旁等待。老公出现在了我的生命里，他对我关爱有加，体贴入微又紧跟其后，穷追不舍，此时，我感觉和老公的爱情就是人间的爱情吧。老公对我眉眼有情，处处有爱，也时常让我感动。虽然和朱丽叶的爱情有所不同，我想他们之间也应该是息息相通的。我选定了他，也就笃定了爱情的海誓山盟。

生活不是凭空想象，想当然，当因为琐事发生争执之时，朱丽叶的影子又在我脑海里浮现。于是紧闭双眼扪心长叹："究竟婚姻是爱情的坟墓，还是现实里本就没有爱情的生命。"朱丽叶情怀或许只是一种奢望、一种幻想，与我无缘，我亦把你遗忘。

慢慢走过岁月的年轮，历经生活的磨砺，在心灵的印记里早已刻下了风霜雪雨，感悟人生种种，心境也变得坦然。方知什么是暖？就是等待在家里的一顿晚饭，风雨里的一把伞。什么是爱？就是无声的陪伴，心底的眷恋。生活里，老公为我和儿女们披荆斩棘、遮风挡雨，我总会感恩于他的付出，铭记于心，化作生命的感动，或许这也是我给予他的一份暖、一份爱。岁月时光把朱丽叶的爱情沉淀在了我的身边，我将会用一生去诠释它的真谛。

此生有缘于朱丽叶，感谢她的一路陪伴，让我明白什么是真正的阳光灿烂，人生之暖，唯美浪漫的爱情也需要生活的剪辑，真爱无限！

漫步人生

时常被琐事缠绕,身心劳累。偶能抽得几天空闲时间,去自由漫步,则是人生一大享受。

每每心中不快、郁闷、压抑,有所积怨,我便会去田野走一走。天空高远辽阔,大地广袤无垠,心中那一粒被尘世惹来的尘埃,就被融化得没有了残骸。低草虫鸣,雁过留声诠释了什么是美好;碧浪如洗,五谷飘香看到的是希望。伸开双臂,拥抱蓝天大地;闭上双眼,憧憬希望;深深呼吸,放飞梦想,哪里还有什么忧伤。

漫步在树影婆娑、翠色欲流、鸟鸣成趣、曲径通幽的林间,你会有怎样的感受?我好似一个精灵来到了人间,没沾染一丁点人世的炊烟。在树的缝隙间跳舞,在鸟儿的余韵里歌唱,与长风为伴,一起掀动时光的一幅幅画卷。画卷里有林中深处的小木屋,门口长长的青石板,晾晒衣服的竹竿,还有傍晚柔柔的蜡烛光。读书养蚕,偶有知己,静坐窗前,促膝长谈。美美地醉在林间,不愿归还。

仁者乐山,智者乐水。古今文人雅士多寄情于山水。当你看到连绵起伏的群山,一座挨一座,绵延跌宕、巍峨挺拔、雄伟险峻又风格各异,你会惊异于大自然的鬼斧神工,不胜赞叹。大自然不仅有如此撼人心魄的力量,还有柔情满怀的一面。他把神奇、秀丽的灵性赋予了水。你看千里静川,纯净清澈,水光潋滟又九曲回环,让人心生爱恋。大自然还把山水紧密相连,互相偎依,不离不弃,直到永远。漫步山水间,倾城容颜,一世繁华又奈我何?只想与山对语、与水缠绵。"此情只应天上有,人间能得几回醉"。

大海编织着我们每一个人的蓝色梦幻,从孩提时代到垂暮之年,他的神秘让我们望尘莫及，探索不尽。"面朝大海，春暖花开"也成为一种理想的生活方式。这些似乎并没有体现出大海最本质的特征。当我们漫步海边，沧海横流、波澜壮阔的景象让我们深感卑微如尘、渺小如粟，苍茫人世，一切鲜花和掌声也只是过往，追求生命的真切才是理所应当。海浪一浪翻过一浪地打在自己身上，咆哮着、怒吼着，似乎在向人们宣战；猛烈的海风吹在脸上，好似要刮裂人们的脸庞。大海啊！你难道没有一颗悲悯的心吗？怎能让人们不变得顽强。即便如此，我依然赞叹你宽广博大的胸怀，如若能赐予世人，世人皆爱此胸膛！

如若漫步在江南美丽的雨巷，我希望逢着戴望舒笔下，那个美丽、芬芳、结着愁怨的具有太息般眼光的丁香姑娘。哪怕只是擦肩而过的一瞬间，也可以对她耳语，我在她的诗歌里对她的无上迷恋。这曲折、悠长、朦胧的雨巷唯美了本就婉约迷人的江南；也唯美了人们心中浪漫的江南情。

人生最曼妙的风景在路上。漫步人生是一种心境、一种情怀、一种释然，更是一种超然物外的境界。几多漫步，几多情；几多漫步，几分爱！

心灵物语

一

秋天到了，树叶无声无息地落下，寂静极了；秋雨绵绵洗去了夏的炎热，温顺多了；夜晚的星星眼睛眨得越来越多，更加调皮了；路灯下人们的脸庞也变得不再张扬，也平静多了。

一切的一切都在变，仿佛要时刻告诉人们快来感受他的世界，在这里你可以放飞梦想，可以享受优美的意境，可以接受大自然的馈赠，也可以呼吸着甜蜜的气息入眠。秋天真美啊！美得让人陶醉，我希望永远这样醉，别醒来。

美丽的季节，美丽的心情。抚摸着秋天的外衣，聆听着秋天的声音，阅读着秋天的书签，感悟着秋天的哲理，品味着秋天的神韵。在秋的世界里我徒步前行，一路上的风景将要挤破我的眼球，让我仍然不肯闭上双眼，因为每一道风景都是我脑海里的粘贴板，只要黏上将永远消不掉痕迹。轻轻的风吹过发际，温柔甜蜜，耳边突然响起贝多芬的《秋日私语》，优美的旋律，让我沉醉，突然有一只小鸟飞过身边，好像要和我一起去感受这美妙的意境。鸟儿啊，鸟儿，你也能感受到人间的美啊！

如果时间可以驻足，我将会闭上眼睛沉浸在你的气息里，和你一起呼吸，和你一起休憩！

二

回到家里，坐在凳子上，让劳累了一天的身体，得到暂时的放松。可不知道为什么，泪水却在眼睛里打转。就在这时我问自己，我哭吗？我让泪水掉下来吗？

此时此刻我的心凝结在一起，那种深深缠绕的痛让我窒息。假如真的能够窒息，暂时的疼痛也会换来永远的安宁。也许是上天的使命我还没有完成，要让我继续向前行走。只是在行走的路上，你别让我的心灵备受伤痛，只是身体的劳碌，我会唱着动听的歌曲去迎接每一个黎明。

　　剖开心灵问自己，是不是受伤了？是啊，伤得很重，伤得无法疗治，因为每个伤处都已经腐烂，每个伤处的过往都历历在目。闭上眼睛，依旧，摇摇头，怎么也甩不掉。一个女人对生活很憧憬的时候会很坚强，但是当她看不到未来的时候却会倒下。我倒下了，更可怕的是我永远不相信自己会爬起来。

　　我走过的，从不回头，但我却突然回头了，一瞬间我发现自己一无所有，都丢在了走过的每一个路口，而我却无法再捡起。还走吗？囊中羞涩，连干粮也没有了，我靠什么维持生活，我靠什么赢得未来。我输了，我是一个彻底的失败者。

　　我对着镜子，看着自己熟悉的脸庞顷刻间刻下了很多沧桑，在这些沧桑里能容下什么呢，只能是痛楚和无望。没有了甜美的笑容，没有看着自己的笑脸想去自拍的愿望，也没有对自己做鬼脸的张扬。

三

　　秋日的午后，独自走在林荫大道上，清清的风吹在脸上凉凉的，心情变得沉重起来，人生为什么会有那么多的片段组成，并且每个片段又是那么地令人难忘？那短暂的瞬间却能够得到你思绪的连锁。它让你忧愁，让你快乐，也让你对此迷惑。好久好久，我抬起头，让眼睛顺着天空和大地，顺着树木和路上稀少的行人，慢慢地转动，才发觉自己只是芸芸众生中的一员，是如何地渺小，自己的烦恼又是如何地微不足道，心情好了很多，让笑容也爬上自己的眼角。

　　脚步也变得轻快了起来，继续向前走，欣赏这美丽的风景。突然，有一片叶子被风吹起，从树上落下来，飘着，变换着不同的姿态，我举起手来，想把它接着，可是它却从我的手边飘过。飘啊！飘啊！继续着它多变的姿态，我站在那儿好久，看着它从我的眼角消失，也许世间万物本是如此，它应该选择自己的方式，是无法被左右的，就让它离去吧，一切顺其自然……

与桃花的约

　　春意绵绵的夜晚,桃花灼灼入梦来。"满树和娇烂漫红,万枝丹彩灼春融",我欣喜万分,罗裳一舞伴花飞,花语情深人自醉,一场与桃花的约袭上心头。万千等待,许我人间,繁花一梦,款款深情。

　　我来了,带着你的柔情邀约;带着你的万语轻诺;带着你的"吐尽芳菲待卿来"。你托春风送来你的疏影暗香,铺满我此去的一路,踏歌春色徜徉,心湖激荡,我要如何与你相对、相视、相望,羞涩的紧张在心头疯长。阳光下,你的脸庞是不是你梦里的模样?你的浅淡,温婉是否依然如那晚梦境一般?你是否还是如此美亦美幻,清雅淡然?相见的一幕,我应如何推断,心不了然。

　　脚步轻轻,我来到你的面前,慢慢睁开眼,一片嫣然,让那些氤氲起的心事,如莲静雅开放,涤荡心灵,清新坦然。桃花朵朵,成团成簇,连成片片胭脂云。"桃花一簇开无主,可爱深红爱浅红",朵朵笑颜争枝头,堪比谁最俏。多么想落入枝头,与你一样开成绯红,抑或浅红,一同着春色。俊俏的花枝,承载着花瓣的倾情,相携春风,舞动着万种柔情,缠缠绵绵,共恋此生。

　　漫步桃花林,是谁拂动了我的那一丝丝爱恋?柔媚了我的花间独白,那多情的花瓣,早已知晓,是我来了她的身边,把那一抹抹眷恋安放于自己的眉眼,与我呢喃。不由得驻足一叹,花本无意争春,只求一世情缘,轻轻吻上花的脸,幽香沁入心脾间。好喜欢这人间三月天,红尘一爱的芳菲流年。片片花瓣偎依着我,不觉间,我的发上全是花瓣,衣服上也有花香的浸染,我便是爱了,爱了这桃花林里的唯美浪漫、倾世温暖。

花如女人，女人爱花，林黛玉"花谢花飞花满天，红消香断有谁怜"，多愁感伤的她见不得落花，总是自叹自怜。花瓣凋零，随风而舞，总让我们忧愁满怀，但对于花儿而言，她倾尽一生，绚烂绽放，把最美的瞬间定格成永恒，惹得人人爱怜，倒也无悔此生，落花有情化春泥，来年更艳迷人眼。人生一世，山水一程，把每个日子都过成良辰美景，方得山河静美，盛世长宁，如若日日愁烦，怎比落花一时绚烂，从无抱怨。

"人面不知何处去，桃花依旧笑春风"，爱人不在的惆怅，伴着桃花的笑意，又多了些许缠绵的情调，盈盈的桃花也见证了这爱情诗篇的万古流传。婉约的诗词总会在一朵花里绽放，也总会弥漫着淡淡的花香，桃花入诗的篇章，曾迷醉多少人的心房，将最美的情愫，放置在一句句沉甸甸的诗行里，品茶、赏花、看月、听风，一份惬意，便会温柔每一寸光阴，回首时，每一处都是最美的曾经。

突然觉得好感动，这桃花梦、桃花林、桃花诗，怎能不让我痴恋，动情？如若许我一场春暖花开，我希望桃树遍地栽，桃花竞相开，处处桃花源，漫步水云间。浮去人生风尘，安于心；抛却人世杂念，静如禅。洗净凡尘铅华梦，抚琴清歌度华年。

春风拂面来，桃花朵朵香。轻柔的春风啊，请别抚去我发上的花瓣，惹我牵挂，让我留恋，我要她伴我入梦，再约一个桃花绚烂的春天！

夏日晨曦醉诗韵

北方的春天是季节里的盹儿，眼神迷离中，已飘然而过。谁不留恋花娇柳媚、蜂飞蝶舞的春天，谁又能抗拒绿树成荫、蝉飞蛙鸣的夏天。一回首，春的身影渐渐迷蒙，我莞尔一笑，来年再觅你的芳容。光阴转角处，与夏对语，它那夸张的笑容里，分明是热情和真意。擎起双臂，夏已然在我的怀抱里，夏的风骨里有我的痕迹，我的胸怀里有夏的领域。推开桃红的门，打开柳绿的窗，走进夏里。

"深居俯夹城，春去夏尤清"。清晨，一缕熹微的光，打搅了我那晚的梦，走近窗台，一切都显得那么温润、可人。那弱弱、绵绵、淡淡的光，犹如少女般羞涩，让人迷醉。天蓝得浓烈，或许怎么也化不开。云朵轻盈、飘逸，我想，那遥远的天际，它定是牧羊人美丽的憧憬。那满地的花花草草，抖落身上的露珠，伸展腰肢，一夜间又仿佛长高了不少。楼下，是谁家的小女孩欢快地跳跃着，飞舞的衣裙和着那一树鸟鸣，奏响一首优美的夏日晨曲。这样的美好，是怎么也要走出去的，可我的脚步已在飞奔了。

夏日的晨曦温婉地洒在我的肩上，一路前行。薄薄的空气吸入肺腑，甜丝丝的，清清凉凉的风吹到脸上，好不惬意啊！折一枝柳笛，踏着晨露的芳醇，看河水里，两边石岸的影儿，绿柳的影儿，还有自己的影儿，那灿烂的笑容在细小的涟漪里漾漾地闪动着。此时，这个世界都在陪我微笑，都在陪我吟唱。我醉了，真的醉了，醉在这美景如画的天地里，醉在这万物柔情的意境里，醉在这笔墨难以描绘的诗韵里。

凌霄花开了，红艳艳的花瓣呈喇叭状，不了解它的，准会错当成喇叭花。一朵朵花缠绕在凉亭的边缘，尽显笑颜，惹人爱怜。但"凌霄"这个词总让我感到凄婉、悲凉，又加上传说中因"凌霄"姑娘殉情而得来的"凌霄花"，更让我深感惋惜、哀伤。但此时，这美得让人心疼的花，愈加珍贵、愈加美丽，给夏日晨曦映入了爱的色彩和意义。我坐在石椅边不忍离去，让我再陪一陪这圣洁的花，我要它笑得更艳丽，我也要在这夏日的晨曦里笑得更甜蜜。

　　远处走来一中年男人，后面跟着一只小黑狗。小黑狗年龄很小但很机灵，毛很短。一会儿在主人后脚跟边摇摇耳朵，碎碎地跑着，一会儿跑到草丛里翻滚玩耍，很是可爱。主人需要时不时地唤它向前走。我不是摄影师，但却拍下了这个画面，因为这人与动物，自然的和谐，让我太喜欢。

　　一眼望去，这幽深的小径蜿蜒到深处，两边绿树葱茏，把鹅卵石小道遮盖得更显狭窄，也仿佛给这夏日又增添一丝凉意，静谧、幽深，好想寻一处山涧溪水，载着我的梦幻，流向远方，从此，青山为伴，白云为裳，花香为诗，静享禅语人生，烂漫华年！

　　如果说夏日烁玉流金、赫赫炎炎，漫步在夏日晨曦里，我感受到的是它热情之外的温情，热烈之外的安静。在这份诗韵里徜徉，整个季节便充实丰盈，你的人生也会少些虚妄，多些生动！

茶之心叙

泡上一杯浓浓的茶，苦苦的茶叶聚成的长长的茶叶雾，萦绕在杯子周围，慢慢地飘散到我的全身。挥之不去，只好盖上杯子，来解除这不该那么浓的茶叶雾。

盖上重重的盖子，一切都平息了，声音、颜色、气味，状态都消失净尽了。以至于使外界的人们感觉不到它是一杯浓浓的茶。因为它被一个虚伪的外壳——杯子给包装了起来。难道说，在这个虚伪的外壳里面真的是那么平静，那么美好，那么令人意犹未尽吗？茶叶四处飘荡，侵犯着每一个水分子的权利，让他们拼命地改变自己，而变成它的殉葬物、牺牲品。这可悲吗？

打开盖子，浓浓的茶叶雾好似重新复生了一样，又在继续着他的生命，茶叶在杯子上方浮动着，吸引我的视线。可我不会上当，用盖子慢慢地把它抚开，希望能喝一口香甜可口的茶。深深地喝一口，可进入肺腑的却是那样地苦，吐了这口茶，也许应该有些好转。可是，它好似进入了五脏六腑，我更加苦不堪言。

如果一杯茶就是一个人生，那是否应该好好品一品？初时的苦是否就像一种历经磨难的人生，当风雨侵袭的时候，它就会异常地坚定，而幸福降临时，就会不骄不躁、坦然面对，一句话说得好，得之坦然，失之淡然。一切苦痛都是暂时的，当把一盏茶品出浓浓的香味，你将拥有一个简单且丰盈的人生。

音乐，那年的梦

青涩年纪，我便喜欢读书、唱歌。有一天，看着漫天星斗，璀璨闪亮，我的心里掠过一丝淡若清风的梦，那浅浅的底色依然明媚了我的双眼，掀动了我年少、至纯的心。有那么一天，一本书的编者是我；有那么一天，我可以站在华美绚丽的舞台唱一首歌，那该是多么好！

很多时候，梦想对于幼年是没有力量的，即如一张画纸上，我们往往忽略线条不够粗犷的那一条。随之的一念被面纱拂了去，就连香气也将被带去，我依然平静如初，写自己喜欢的文字之余，唱那些年感动得热泪盈眶的歌。文字之爱总在静静的时刻，音乐之爱时常在内心波澜迭起的时刻，因此，唱起时便是无时无刻，对爱的释放相对于文字又少了些时间的固定性和空间的限制性。于是，音乐似流泉，似飞瀑，温润且猛烈，总之无法阻遏地成了我生活的主旋律。

20世纪八九十年代，一切还很困乏，有一台袖珍的录音机，都很难得。爸爸知道我十分喜欢，节省家用，帮我买来一台，我视如珍宝，别人碰一下，都生怕坏了，因为它可以让我听到那些我极喜爱的歌。每当看到旧式磁带的磁头一圈一圈地转动着，发出或轻柔、舒缓，或欢快、激昂，或空灵、甜美，或哀伤、动情的歌声来，心里的那根叫作"爱"的弦在低吟浅唱，无法抵挡在爱的原乡，我的血液在忘乎所以地沸腾、膨胀。一个磁带我翻转来翻转去，百听不厌，特别喜欢的就把它学会。当怕打扰同学，戴着耳机学唱时，那怪腔调总会惹来同学开怀大笑，而我却一脸木然，不知为何，更让众同学捧腹不已。

随时随地哼一曲更是习惯使然。

有段时间流行的《新鸳鸯蝴蝶梦》，一到家张口便唱"花花世界，鸳鸯蝴蝶"，每天如此。有一天把妈妈都唱"烦"了，说："你能不能改一首歌唱。"我对着妈妈嘻嘻一笑，唱道"风中有朵雨做的云，一朵雨做的云"。妈妈摇着头，眯笑着走开。

这种唱法着实让人听得"难奈"。

还记得，有一年我们班里要排练一支舞蹈，参加学校举办的新年晚会，背景音乐是法国理查德·克莱德曼演奏的钢琴曲《秋日私语》。这唯美、纯净，带着淡淡忧伤的音乐如梦似幻地弥漫在我的耳际，我被这份艺术的魔力彻底地征服。跳动的音符，演绎着那份成熟、独特、烂漫的秋韵，那缠绵、感伤的爱恋，在丝丝秋的寒意里，让人更多几分哀婉、疼惜，多几分对痴情人儿的祝愿。秋天本就可以让人得到精神的洗礼，理查德·克莱德曼的演奏，把我从四季轮回的世界带入了遥远的思想灵魂之门，极尽超脱，极尽沉醉。

音乐带给人那么多的玄想、情感和享受，它的力量是不可估量的。

那年的轻轻一梦，虽只是生命的一丝隐动，没有放牧，没有追逐，但我却坚守着自己的心灵之爱，一路走来。如今，我没有成为歌者，歌唱家，更没有成为音乐家，但我的人生却因音乐而生动着，丰富着。

泰戈尔说："世界用图画和我说话，我的心灵以音乐应答。"沮丧失意时感受贝多芬的《命运交响曲》；悲伤时品味陈瑞直抵心灵的《梦醉西楼》；闲适时欣赏纯音乐《雨中漫步》；愉悦时和张韶涵一起唱《隐形的翅膀》。音乐的神奇和灵性，汇入了艺术家的生命，也让我们在感知这种境界之时，聆听世界，参悟人生，让我们在音乐的律动里消减俗世的贪念，排遣熏心的利欲，沉淀驳杂，且走且停，一生修为。

音乐是有灵魂的，让最初的梦，在生命的召唤下，化为永不休止的音符，纵情歌唱！

女儿的正能量

人们常说："女儿是父母的小棉袄。"我的女儿是我心中最温暖的小棉袄。她能分享我的快乐，鼓励我的进步，也能排遣我的忧伤，感受我的劳累，最重要的是女儿身上的正能量一直感染着我，让我努力向前，不气馁、不退缩。

内心脆弱的我又一次被失败打垮了，我身心俱碎，难过至极，失败的阴影缠绕着我，无法正常面对生活。我最疼爱也最疼爱我的女儿，看到如此消沉的我，也停止了往日的说笑，坐在我的旁边，安慰我、鼓励我，给我讲了好多勇于面对失败的例子，没想到女儿的语言竟如此入情入理。她最后告诉我说："妈妈，世界上最伟大的人是妈妈，我相信你一定能够战胜失败，迎接新的挑战。"女儿的话让我感动了，我坐起身，看到女儿的神情是那么地认真、坚定，我被震撼了，一个十二岁的孩子竟能如此勇敢，我为什么不能给女儿树立榜样呢，我是她的妈妈，我是她最信任，也最想依赖的人。我从床上下来，开始了新一天的生活。女儿的正能量又一次感染了我。

女儿无论在别人还是我的眼里，都是一个听话、懂事的孩子。我常会听人说："你好有福气啊，有这么一个好女儿。"我也只是微微一笑，但心底的幸福不言而喻。由于我工作生活的繁忙，对女儿的学习和生活都疏于照顾，但她在学校里仍然是品学兼优的好学生，在生活中也是自立能力很强的好孩子。或许真的是上天对我的眷顾，给了我一个好女儿，让我这颗敏感、细腻、多愁、脆弱，容易受伤的心灵得到安慰。

女儿除了能带给我坚强，还能带给我温暖。生活中我们总会遇到让自己的心刹那即成冰的一些人、一些事，每当此时，我会瑟瑟发抖，心里没有了温度。女儿这时会说出好多人的名字，有亲人、有朋友，有社会中具有博爱情怀的公益人，有身边乐于助人的平凡人。她告诉我说："妈妈，我们还有他们，他们都是善良的人，都在做着好多善良的事。"我的心慢慢温暖了起来，时光依然，岁月依然，人们心底的真诚善良依然。

看着女儿一天天长大，一天天养成的连我都没有的好习惯，我心里非常坦然，一个好的习惯决定着一个人的未来，这无疑对我来说也是一种鞭策，一种正能量的释放。女儿在很小的时候，许过一个愿望："要一双世界上跑得最快的鞋子。"多么有震撼力的愿望啊！如今，她慢慢长大了，有思想了，她又许了一个愿望："想让全世界变成一个洒满阳光的美丽的大花园。"多么温暖，多么美丽的愿望。时隔几年，女儿从一个天真无邪到渐懂世事的女孩所许下的不同的愿望，让我深深地感动，暖意在心中流淌。

就这样我从女儿的身上一点点地汲取能量，直到如今内心慢慢地变得强大，虽没有站在刀口不言伤的勇气，也具备独立飒飒寒风不畏惧的精神；虽没有微笑面对一切的胸怀，也具有不为琐事困扰的气量。女儿身上的正能量是我最感动的人生力量，带上女儿，带上女儿的正能量，一起徜徉于人生的海洋，让每一滴水都充满温暖和力量！

爱，走进七月

当我们还在五河边忘情陶醉；当我们还在喜赞家乡新气象、新风貌；当我们还在惊叹家乡的迅猛发展之势。我们的热情却抵挡不住大自然的威猛，一场龙卷风席卷鹿邑大地，我县玄武、杨湖口、穆店等部分乡镇受灾严重。树木连根拔起，玉米等农作物倒伏，部分房屋坍塌，部分村内道路和供电暂时中段，一片狼藉、苍凉，让人不寒而栗、心酸泪流。

自然之灾，人人畏惧。但当灾情刚刚发生后，7月19日下午6时许，周口市委常委、县委书记朱良才与县领导宋涛、何新敏及县直有关单位负责同志已经赶赴灾情最重的玄武殷抵口村和穆店乡厂北等三个行政村。他们置自身安全于不顾，在第一时间把爱和温暖送到百姓心中。朱书记详细询问受灾群众情况，在他心里群众的安危是天大的事，得知群众无大碍时，他才稍微安心。紧接着就是灾后恢复工作，怎样让百姓的生活正常运行，怎样让次生灾害不发生，怎样帮助受灾群众开展生产补救、自救，怎样让百姓有坚实的力量在灾难面前重生生活的希望等方面，实为周全。只有心系百姓才能如此啊！他带领党员干部，在灾难当前，挺身而出，与受灾群众同呼吸，共命运。当我们看到在断树乱叶之间，在满地污水的土地上，在断壁残垣的房屋前屹立的高大身影，我们的心里涌起的仅仅是感动吗？不，还有那份无上的敬重和仰慕。他用坚实的臂膀擎起百姓的生命信念、生活力量，这是精神之魂，这是时代脊梁！赢得的是百姓满含感激之泪的褒奖、赞扬。

当晚，大雨滂沱，身居室内仅靠想象，便知雨中情景，令人生畏。然而县委副书记、县长梁建松，副县长陆志杰及政府办、民政局等部门负责人却不惧风雨，深入受灾乡镇，指导救灾工作，排查受灾情况，排除安全隐患，大灾当前，勇于担当，这是何等的爱民情怀，这是我们鹿邑领导人的风骨。这一股覆海移山的力量刚在五河攻坚战中尽情释放，又在龙卷风面前熊熊燃烧，怎能不让人感动、感激、感叹！

灾难之后，天空依然澄蓝如初；太阳依然烘烤着大地；蝉声依然聒噪，在这个不一样的夏季，似乎并没有任何改变。但人们心里蕴蓄的温柔亦如那清澈、美丽、缠绵的五河水一样缓缓地流淌，直抵受灾群众的心房。那是温暖的爱，那是纯真的情，那是风雨之后的彩虹，那是沧桑之后的碧云晴空。

天灾无情人有情。各级政府领导，社会各界人士纷纷赶赴灾区，慰问受灾群众。一件件礼品远不能表达他们的心情，一声声问候也道不尽他们爱的抚慰。7月20日下午，县文联、妇联、慈善协会、团委、文艺协会商定共同看望慰问受灾群众，大雨一直倾泻而下，但依然没有阻挡他们前行的脚步。当几个单位负责人紧紧握着受灾群众的手，那一股暖流舒展了群众因恐惧而流泪的面容，带着笑容的泪珠晶莹剔透，这是百姓真诚的信任和感动。

有一个大学生梁博，在灾难来临之时，他看到一老人步履维艰地回家，他不顾雷电交加，不顾风势猛劲，冒着生命危险搀扶老人回家。老人顺利地到了家，但梁博却在返回家的路上被龙卷风刮落的瓦片砸伤，鲜血直流，全身血渍斑斑，还好，医院检查颅内少量积血，右侧颅内骨折，没有严重危险。病床上，缠着圈圈绷带，无力起身的梁博，面对记者的提问，却是浅浅地一笑。这是多好的学生啊，是我们鹿邑人的骄傲，是当代大学生学习的楷模，也是我们民族强大的后续力量。

一件件感人的事迹，一幅幅温暖的画面，一幕幕催人泪下的场景，犹如春风沐雨般滋润着人们的心灵，一股股人间爱的温暖和力量在鹿邑大地上升腾、蔓延。只要有爱，一切灾难终可战胜；只要有爱，坚如磐石的力量终可铸就；只要有爱，鹿邑的世界定会璀璨夺目！

女人的等待

当我看到朋友在她的丈夫走出家门之后,脸上那种痛苦的表情,我就明白了,什么是女人的等待。

在她的丈夫走的一瞬间,她就开始了等待,放下手里的活儿,再也无心去做,满脑子都是"他什么时候回来"?自己坐在那里发呆,每一次电话铃响,都会让她欣喜若狂,可遗憾的是都不是丈夫打来的,伤心之余,也会拔掉电话线,生怕接不好,还要按一下免提,看看是否通了,手机打开,放在自己手上,还是要抱一丝希望,打开电视机,画面一遍遍闪过,也不知道演的是什么。自己平时百般呵护的孩子,此时也显得那么不重要,甚至他的啼哭声也不能进入她的耳朵。饭也不做,出去吃也不想去,拨通朋友的电话,想通过聊天来消除压抑的情绪,可是,电话挂了之后,依然如故,反而孤独寂寞感更加强烈。她只好用手使劲地捶打自己的头部,只是感到头很疼,其他什么都没有。然后又会想:"不去等了,越期望可能越不会有效果,不期望可能会很快回来的。"想是想了,可是却没做,心里仍然在等。门响了,出去看,没人,心里彻底失望了,但她依然坐在床边,不睡觉,什么也不做,看看表,已经到了凌晨。她的丈夫回来了,可她已经筋疲力尽,躺在床上,不大一会儿就睡着了,轻松是治疗睡眠问题的良药,不置可否,到明天,她的丈夫又走了,她又会重新上演这幅画面,就这样循环往复着,等待,等待……

我不知道如何去劝说朋友,我知道,即使劝了,也不会有任何效果。从她们身上,我感到了女人的悲哀,难道等待的煎熬就是那样好承受的吗?她们却承受了,并且从来不去想怎样去摆脱这种痛苦,她们把自己思维的局限性归结为命运的操纵,看到她们的软弱,我流泪了,我为传统的中国女人流泪。

这些喜欢等待的女人们,她们大致有三种情况:一种情况是她们没有工作,全职太太;另一种情况是工作很清闲;还有一种是很特殊的情况,就是工作不积极,不用心,无所顾忌。她们的所有注意力都在家庭上,男人们不可能整天泡在家里,他们有自己的事业,有的男人会想,要把自己的事业干得轰轰烈烈,要功成名就。所以他们待在家里的时间会少一些,难免会让女人感到孤独寂寞,始终处在等待的状态中。作为女人,我们为什么不把注意力从家庭生活中转移出来呢?家庭并不是我们生活的全部,我们和男人一样有头脑有能力,甚至有的女人在很多方面比男人更优秀。我们为什么不踏入社会中,发挥自己的能力,施展自己的才华呢?那样,你的生活不是比等待更有意义吗?试想,我们把精力都投入事业中,整天有很多事情要做,需要靠记事本来记录生活日程,怎么会有那么多时间浪费在无奈又无聊的等待上呢?即使有一点休息时间也被疲惫给填满了。有时候,甚至可能把家都给忘了,把丈夫也忘了,怎么会去承受丈夫不在家的煎熬呢?当然,这样也并不完全对,应该留一些时间给丈夫、给家庭,这样,才是成功的女人。

我们再换一个角度去考虑,如果女人一直这样等待下去,难免会不停地给丈夫打电话催他回家,或者是丈夫累了一天,回到家里,你想让丈夫陪陪你,和你说话,给你温柔,或者是给你做一些适当的家务。他为了照顾你的感受,只有拖着疲乏的身躯来满足你的要求,时间一久他会感到特别累,于是便害怕回家,这样,回家的次数会更少,会更加深你的烦恼,更延长你的等待。另外一点,他几乎不再和你处在一个水平线上,他的生活很广阔,你的生活很狭隘,他已经在嫌弃你了。婚姻本身就不像恋爱那样美好,再加上你让他感到的沉重,他会和你的距离越来越远,直到无影无踪。我们也都看到过很多电视剧、书、报刊中会有很多这样的故事,像电视剧《牵手》中的钟瑞和小雪,他们也有着美好的恋爱经历，但后来他们之间也产生了很大的矛盾，此种事情，生活中也不乏其例。到最后，你所受的等待煎熬，不但没有得到任何回报；相反，它让你失掉了自己的丈夫。你的事业，因为你倍爱家庭而未能成功，你的家庭因为你倍爱等待而毁坏，事业和爱情，这铸就生命灵魂的两样东西你都失去了，生命还有什么意义呢？

　　女人拥有了无奈的等待，就失去了人生。所以不能总是徜徉在漫长的等待中，女人的生活可以更广阔，更丰富多彩，那就要靠自己去努力争取，来赢得最后的胜利，这样你才是一个成功的女人。

心念之花盛开
——我的教师职业理想

伟大教育家陶行知说:"在教师手里操着幼年人的命运,便操着民族和人类的命运。"教师是伟大的,但同时教师又是身负使命,需要勇于担当的;教师又是不慕名利、需要超然物外的;教师更是本心使然,需要无私奉献的。

选择教师这个职业,便选择了艰辛,选择了付出,选择了清贫,但我义无反顾,因为有一种力量在驱使着我,那便是一颗火热的报国心,一个"太阳底下最光辉职业"的称号。我要做一个爱国的人,一个光荣的人,如此这样,此生足矣!

如今,很多人都追名逐利、贪图安逸,不注重精神层面的提升,对教师职业不闻不问,面对社会中教师一时的负面新闻、报道,更是望而却步。试问,知识的传播,灵魂的塑造靠谁来完成?李大钊说:"知识是引导人生到光明与真实境界的灯烛。"人类需要教育者,社会文化,文明的传承和发展需要教师。孔子曰:"志于道,据于德,依于仁,游于艺。"此教育之根本,亦是人类前行之根本。

我的这一选择,曾受到亲人朋友的阻止,父亲做过教师,幼时,我便体会到,那深夜灯光下,批阅的作业本上的红笔印是多么醒目;每次匆匆离家时瘦弱的身影是多么让人心痛;还有那满身的粉笔末如雪花一般随风飘落是多么让人感伤。我心疼父亲,更尊重父亲,在他身上,我深深感受到千千万万人民教师的伟大。教师职业是平凡的,但能做教师的人却是不平凡的人。对这个职业我一直以来便充满赞赏和崇敬。

随着社会经济的发展,全国各项建设需要大量的人力资源,致使农村务工人员逐步流向城市,随之而来便是留守儿童的教育问题,这也给教育带来了一个重大难题:一则这些孩子缺少父母关爱,长期以来性格、心理出现问题,学习更不用说；二则农村教师短缺，有些教师即使身在此，心也在彼，不能扎根基层，深入工作。因此，农村教育有待发展，也值得我们深思。

面对中国农村教育的现状，我抬头仰望蓝天，你的广博让我再一次震撼，于是，我更加坚定自己的信念。今生，我有幸能成为一名人民教师，我将用我最大的热情和努力，扎根基层，砥砺前行，让自己的心念，在教育这片土地里，开出鲜艳的花朵，馨香渺远……

第六章 有一种感悟是求索

爱你所爱，无问西东

当影片《无问西东》落下帷幕时，我的心是无法平静的。一个中国最高学府的精神传承，四个时代的人生选择，闪烁着智慧光芒的深邃思索，面对盲从、黑暗、动荡、浮躁时代的善良，无不激荡着我的心，但是剧中那些不一样的爱情，也总像一根撩拨人心的琴弦，让我无法不动起稚拙的笔，诉说内心深处的那份感动。

托底的爱情

我们每一个人都必定对爱情幻想过，幻想着怎样的海誓山盟，怎样的琴瑟相知，怎样的你侬我侬。但剧中陈鹏和王敏佳的爱情有的不仅是风情月意，不语情深的浪漫，更多的是让我们潸然泪下的同情和心痛。

梳着长长的麻花辫，穿着花色缤纷的背带裙，清澈的眼眸，灿烂的笑容，王敏佳是如此地美丽，像晶莹的露珠轻落在荷叶上的纯净、剔透、不染尘埃，就这样，那个憨憨傻傻、真诚善良的男孩再也走不出她的世界。爱就是这样单纯、自然，宛若花儿开，溪水流，蝶翩翩，月牙弯。他在石粉飞散的夜里为她刻章，在木卷堆积的桌子上为她刻花。当他拉起她的手在整个校园奔跑如飞时，也成就了他爱情的一路奔跑，不惧疲累，不畏艰难，风雨兼程，从一而终。

人生也许就是对承受力的一种考量，对抗击力的一种生发，对勇敢心的一种召唤，对无畏心的一种历练。

在她被诬陷、当众辱打的时候，他不顾时代的冲击、诋毁，甚至有可能面临的生命危险飞奔而来救她。在自己为她挖的坟墓前，看到她被暴雨打湿得血肉模糊的身体有一丝颤动时,他的泪混着雨水肆意地流下,是欣喜、是感激、是悲苦,更是对未来爱情的希望。

生命有时就是这样不堪、挫败,昔日如花容颜,今日叶落成伤。还好,她还拥有他,还拥有一份即使天崩地裂、雷雨交加也依然安稳和踏实的爱情。他深深地拥着她,泪落双颊,他说:"你别怕,我就是那个给你托底的人,我会跟你一起往下掉,不管你掉得有多深,我都会在下面托着。"在一个黑暗的小屋里,他用最深挚的爱为我们点亮心灵的灯盏,循着光亮我们找到了爱情的航向,那一份托底的爱情,才是我们的心之所往。

爱,就是不怕沉下去的一如既往。

霸道的爱情

说起霸道的爱情,我们会想到金庸笔下的黄蓉,一个任性、霸道的小公主,她的爱情尤其霸道,她甚至不允许郭靖看穆念慈一眼,用她所有的真情和手腕去俘获她的"靖哥哥"。《无问西东》里刘淑芬的爱情也是霸道的,只是她和许伯常则是一出冰凉透骨的悲剧。

当一个个重重的巴掌打在许伯常的脸上,而他毫无反应的镜头呈现在我们面前时,我们会觉得这个女人太不可理喻,太飞扬跋扈,太不近人情,但理解了她的痛苦无助,你便会觉得她是极其可怜又可悲的女人。

她供他读大学,于是他承诺了她一辈子。毕业后想要悔婚的他几近上演一幕"陈世美"的重头戏,她以死相逼,才成全了这段不该成全的婚姻。

她或许觉得对他有所亏欠,她洗衣做饭,脏活累活自己干,给他吃好饭菜,自己吃泡饭,但他对这一切视而不见,家里所有东西分开用,杯子摔了,宁可用碗,也不用她的。对所有人温暖如春,唯独对她冷若冰霜。这种精神的摧残胜过风刀霜剑,她无法承受,只有用打和骂来发泄,每次口中都会喊着:"当初是你说,你会对我好一辈子的。"而他却说:"为什么其他的事情都可以变,而这件事情就不能变。"这种冷暴力深深地扼杀着她的心灵,让她在生活中尝尽辛酸、委屈和羞辱,以致绝望、崩溃。

当她觉得自己无辜害死一个女孩的时候,她对生活更是无望了。于是作出了与她婚姻相对应的选择——死亡。她无力地、呆滞地走到井边，直直地跳了进去，是这样决然，正如她当时偏执的选择。看到这里，我的心碎了，随着一声"扑通"，随着一个直直的消逝了的背影。一个中国传统的女人，是一生的爱让她霸道，是霸道让她惨淡一生。

当爱情面临窘境，你为何不给自己寻找一个出口？

怯懦的爱情

比起陈鹏、刘淑芬，李想的爱情却多了些私心杂念，少了些纯粹明澈。李想是爱王敏佳的，但在写给学校的匿名信事件里，他退缩了，他让王敏佳一人去承担所有的恶果，只是因为他想去顺利支边。无疑，他的选择是怯懦的、苟且的、不负责任的。当然他的内心也是挣扎的，不是每个人在面对爱情时都能作出那么坚定的选择，执着和背离只是一念之隔。

当他跪在她的空坟前懊悔自责、痛不欲生时，是陈鹏的一句话"逝者已矣，生者如斯"挽救了他的生命，而最终他又把这个生命送给了张果果的父母，因此心灵得到慰藉，灵魂得到安息。

爱情来不得半点的怯懦和退缩，一个转身，天涯两隔，云海苍茫。

《无问西东》告诉我们，最好的爱情是，牵起你的手，风雨同舟，无悔的人生，永恒的忠诚，爱你所爱，无问西东。

生活的诗章
——现代诗歌创作欣赏交流会

在这个春已归，夏悄至的似水五月，大地翠绿盈盈，天空蔚蓝澄澈，踏着舒缓优美的旋律，我们在缕缕馨香中徜徉，五月就是一首诗。在这个诗意盎然的季节，我们迎来了鹿邑县文联2018年第一期文学沙龙活动——现代诗歌创作欣赏交流会。

交流会在鹿邑县文联王亚飞主席热情洋溢的致辞中拉开帷幕，来自加拿大、郑州、商丘、永城的著名诗人、作家，为我们分享了诗歌创作的经验和心得，让大家受益受教。来自朗诵协会的几位老师现场朗诵吕孟申、柳歌、闻心珉等嘉宾老师及本土作家的诗歌，情感饱满、抑扬顿挫，赢得观众阵阵掌声。交流会取得圆满成功，让我们尽享一场诗歌文化与精神的饕餮盛宴。通过此次活动，让我对诗歌又有了更多的理解和感悟，我就遵从内心，浅谈一二，与大家交流学习，望多提宝贵意见和建议。

单单从诗歌的创作来说，作为作家，无论我们主要从事哪一种体裁的创作，我们应该说，基本都写过诗歌，就像我们都会写到母亲一样，那种最朴素的情感所生发出来的内心的波动，会自然地流露于笔端。因为文字是我们作家的根，诗意之心是我们作家的魂。没有诗意的作品不是好作品。由于绝大部分诗歌的体量较小，所以每个句子都要有所提炼，要进行诗化处理，要精选物像，使诗句富有弹性与容量。有人说，把诗写好了，其他也就写好了，但写诗容易，写好却很难。我认为诗歌创作应该注意这几个方面。

第一，诗歌之美。中华诗词源远流长，博大精深，尤以唐诗宋词达到高峰，诗词歌赋之美，始终成为文学沃土中的一朵奇葩，魅力无穷。现代诗歌同样也是美不胜收，散发着迷人的馨香。诗歌之美，亦是生活之大美。从诗中我们寻求美、追逐美、体悟美、生发美，是对生活中美的解读和诠释，也是美的升华和超越，这让我们更加热爱美、热爱生活。海子的诗"从明天起，做一个幸福的人，喂马，劈柴，周游世界，从明天起，关心粮食和蔬菜，我有一所房子，面朝大海，春暖花开"。他的这首诗为什么能引起大家的共鸣？就是因为这种质朴、单纯而自由的人生向往之美，触动了我们的心灵原乡。原来简单的生活在诗人笔下是如此之美，美得让人溢出眼泪。不是生活缺少美，而是缺少发现美的眼睛。他感动了我们，因为美。徐志摩的《再别康桥》中"那河畔的金柳，是夕阳中的新娘，波光里的艳影，在我的心头荡漾"，也是美得无以形容。新娘是最美丽的女子，金柳似蒙着轻纱的新娘，更是美到极致，美到超然，他把这种温婉、轻柔、梦幻般的美传达到了每一个读者心里。所以诗歌之美，一直是我创作中努力希望呈现给读者的，让读者在纷繁的尘世中，抛却琐事，寻得一份美的愉悦，心灵的释放。诗意的栖息是一种安恬、淡然的情怀，诗意的美化，是一种更高境界的人生索求。

第二，诗歌之情。有人说"诗歌本是情感之延伸，故而无须承载太多"，这恰恰说明诗歌之情对于诗歌的重要性。还有人说"你的情怀总是诗"，也说明诗就是一种入骨的深情。诗歌是一种艺术，但更多的是一种情感的寄托，诗人华兹华斯把诗歌的情感看成诗歌的灵魂。其实，诗没有什么高深的文字，只有你自己的感觉，不说好坏。当我看到春天的景色，我的心里感受到的是"风的痴缠，云的醉意"；当我想到爱情的美丽，我就会写道"有人说，这个世界有了爱才有美丽，就像云水相望、蝶花相依；就像晨风晓露、夜间禅意"；当我看到随风飞扬的蒲公英，我会想到"它的素洁、灵秀、清芬，犹如村口美丽的姑娘"，当我想到痴情的女子，我会写"如果女人是花，我定为你开出一季倾城的香"，我的情感在自然地蔓延，没有丝毫刻意或者修饰，描述或者提升。诗歌之于情感是抒发，情感之于诗歌是生命。当你的情感如枫叶远山红，林泉醉歌声，细浪抚沙滩，江夜对星眠，那俨然已是一幅心灵画卷，一首有生命力的好诗。

第三，诗歌之境。诗歌的意境，基本上说就是诗人为心灵自由而营造的精神空间。他们在诗里任思绪自由地驰骋，任情感自由地流淌，任情中之景肆意地美，哪怕是充满哀愁和感伤，也同样地美到心动。唐代时期，意境理论形成以后，诗人们更自觉地在其作品中营造意境。但意境的营造，也是顺其自然而成其所以然，犹如老子思想中的"大道无形，自然至上"。戴望舒的《雨巷》，那撑着油纸伞，独自行走在寂寥雨巷的丁香姑娘，让很多人迷恋、向往，丁香姑娘的哀愁、幽怨，让很多男子生发出爱情的光亮，在每一个静静的深夜，总会如一抹轻纱，在心中慢慢地飘荡。如此意境美轮美奂，不刻意的境界全出。意象讲究实笔，意境讲究空灵。情景交融，虚实相生的意境，让我们体会到一种超脱和忘我。优美的意境，让读者在虚幻和现实之间寻得一份慰藉和心安。

　　第四，诗歌之韵。一首好诗，还要具备韵律美，适于吟诵。《诗经》原本是诗，不是经，既可奏又可唱，古体诗也常常用以唱和。时至如今，现代诗仍然沿袭其不变之特色，恒久如一。说"诗必有韵"，一点儿也不为过，当我们朗朗上口地吟诵着一首诗的时候，它的文字魅力和美之集大成者的魄力，让我们赞叹、折服。林徽因的《人间四月天》想必大家都不会忘记：

　　　　你是四月早天里的云烟，
　　　　黄昏吹着风的软，星子在
　　　　无意中闪，细雨点洒在花前。
　　　　你是一树一树的花开，是燕
　　　　在梁间呢喃，
　　　　——你是爱，是暖，
　　　　是希望，你是人间的四月天！

　　它的韵律美，让我们总是那么地想读想听想看想赏。
　　当我们的生活如诗一样，浅淡馨香、轻柔绵长、美亦美幻、入心入怀，那又何尝不是在做着生活的诗章？

孩子,高考不是全部

又到了高考季,虽然我的孩子没有参加高考,但心里总是忐忑不安,只为莘莘学子十年寒窗,在此一搏,能否赢战?这点对于他们又至关"重要",这个"重要",并不是说就是决定以后的人生走向,成也萧何,败也萧何,而是在他们内心高考早已是自己的全部,一道坚实的壁垒,跨过去则云霞满天,跨不过去则风雨呈现。

屡屡有媒体和网络报道,有的孩子不堪重压,选择逃离人生,身边也听闻有此现象,真是让人惋惜,悲伤之至。当站在几十层的高楼俯瞰时,他们没有壮志凌云之慨叹,没有天生我材必有用之感,只有满脑子不理想的分数,只有无法承受的生之畏惧,跳下去的那一瞬间,仿佛从此释然、解脱。当面对湍急的河流,将要刺入身体的匕首,一瓶冷冷的药片,他们是如此地坦然,死之欢喜代替了生之悲哀。至此,他们将再也没有困苦和悲伤,没有所谓的世人的白眼儿和所谓的与人天壤之别的未来。他们真的离开了,可给我们留下了长长的叹息和深沉的哀思。究竟是什么让他们把一次高考当成了人生全部?作为高考学子和家长,对高考及结果必须要有一个正确且清醒的认识。

我只想告诉所有"挑战"高考的孩子们:"孩子,高考不是全部。"

有史以来,很多勤勉书生,他们希望通过科举考试光耀门楣、升官尽职,科举是他们唯一的出路,否则只能庸碌一生。但如今,高考举第,也并非一跃千里,从此飞黄腾达。高校录取生,也并非都能为社会、为百姓发挥其作用,高分低能、高分无能现象也屡见不鲜。如果你不被社会、百姓所认可,那你终将被淘汰。反之，一次失误，从此大学无门的孩子，他们经历了失败的磨砺，懂得了生活的不易，挖掘其潜能，奋力拼搏，也能闯出一片新天地，这或许也是生命的一种淬炼，其宝贵之处，就在于它的必然成长和积累，使心智也将更加成熟、沉稳，再遇事时，方能迎刃而战，不被击垮。

正确对待高考结果，这亦是高考学子和家长最重要的心理高考。

龙应台说："孩子，我要求你读书用功，不是因为我要你跟别人比成绩，而是因为我希望你将来会拥有选择的权利，选择有意义、有时间的工作，而不是被迫谋生。当你的工作在你心中有意义，你就有成就感。当你的工作给你时间，不剥夺你的生活，你就有尊严。成就感和尊严，给你快乐。"是啊，但凡稍懂得教育的家长，他们大多不会要求孩子，非要考进什么样的大学，而是健康地成长、学习、生活和工作。如果你喜欢，即使做艰辛的农民，看到满园的新鲜农作物、瓜果、蔬菜，闻到土地的芳香，也能体会到劳作的快乐；如果你不喜欢，即使做闪亮耀眼的世界巨星，也是一种负累。读书，不仅仅是为了高考，更重要的是生活得有意义、有价值，并且这种意义和价值，将给你带来无上的乐趣。当你一抬头，可以看到满天的星辰，当你一回眸，可以看到群山在向你挥手，这种有情趣、有灵魂的生命，我想是大多数人渴求的。

记得有一次，我在家长会发言中提到"不要要求孩子太过完美，因为我们自己都不够完美"。不是我不希望孩子完美，而是当孩子不够完美时，要给他们一个可以不够完美的权利，不能去埋怨、斥责甚至打骂，让他们去逐步锻造，日臻完美，这是我的观点。我想到如今，很多家长也都被从过去的过于关注成绩、关注高考中拯救出来了，他们不再是分数的奴隶，他们也不再给孩子施加重重压力。我听到更多的则是"随他（她）吧，能考什么样考什么样""孩子够辛苦了，是我们也承受不了""孩子，你别怕，就算考得不好，这个社会也不会饿着""上不了好大学，不一定将来就没出息"等诸如此类的父母之言。可见家长们的境界已经明显有所提升，"高考改变命运"的观点，已明显有所转变。但是，作为孩子本身，如果无形当中给自己施加的压力，那么也要学会自我慢慢消解、释放。

我的女儿和儿子的学习都还算是不错的，儿子年龄还小，他体会不到什么是压力，凭着他聪明的脑瓜儿，知道什么是学习，那么稍一学，就成绩突出。不是我有意夸他，而是老师和同学都这么说他，儿子曾一度成为班级里做题"正确"

的代名词。女儿的成绩从小学到初中一直是佼佼者，但我从来对她的学习没有过任何要求，只是一味地关心她的饮食，因为女儿从小体弱，总怕她吃不好，影响身体健康，也总怕过多关心她的成绩，会给她带来心理负担。但女儿还是会打电话告诉我考试的成绩，稍有浮动，不够理想，就会很不开心，总是经过我一番劝慰，一番鼓励之后，女儿才能稍微轻松一些。我自认为女儿的心态还是很好的，我也总爱开玩笑地说她"自负"，她总有一种让你很心安的感觉，所以，一个女儿我疼不够，一个儿子我不闻不问。但从女儿心底，还是滋生出一点儿若隐若现的压力，没有枝繁叶茂，但却有一丝气息，或许是来自周围环境，或许是来自自己的目标，或许是来自自己的知恩图报，不得而知，但总还是有的。

很多孩子，他们也像我的女儿一样，不知不觉中，就形成了一种压力。去排解孩子的这种压力也是我们社会、学校、家庭所义不容辞的责任。当然，在教育改革的行进中，我们一直在探讨、在努力、在推进，素质教育也已全面实施，但传统的中国教育，根深蒂固的考试制度，让学生心里已经接受了优、中、劣生的划分，所以还需要一个过程。等有一天，孩子认真地对待高考，不依赖高考，不畏怯高考，不被高考左右，不被高考打败，不为高考沉重，不为高考无望，那孩子的身心才真正得到健康成长，孩子的未来才无须堪忧。

孩子们，最后我想说，不管你们以往成绩如何，不管你们有没有信心赢战高考，我都希望你们能以积极向上的良好心态，沉着应对考试，用轻松的方式打好高考这场漂亮仗。至于结果，我们不去想，我们付出了、努力了，无怨无悔，即使失败我们也会奋起扬帆，乘风破浪，直抵生命前行的航向。只有这样，我们才能体会到奋斗的真意和无穷快乐。"幸福是奋斗出来的。"所以，孩子，我们只需要永远向前，而不是高考顺利就欣喜若狂，故步自封；高考失利就一蹶不振，颓靡低落。孩子，高考并不是人生的全部！

爱是一种境界

爱存在于我们生活中的角角落落，从传统意义上讲，我们每个人都是因为爱才生活着。因为有了爱，世界变得更高尚；因为有了爱，人的精神变得更富有；因为有了爱，生活变得更美好。但是有很多人对爱的理解不太深刻，有的过于偏激，有的过于感性，有的过于理性，还有的理解相差甚远。

真正的爱是什么呢，它是人精神的一种境界，这种境界不是每个人都能达到的，它的高度让很多人都望尘莫及，甚至终生都不得其解。

单从爱的本身意义上讲，我们知道它有三种：一种是亲人之间的爱；另一种是朋友之间的爱；还有一种是恋人之间的爱。这三种爱融入我们的生活中，第一种爱最突出的是体现在母爱上面，天下所有的母亲都是最爱自己孩子的，他们爱孩子胜过于爱自己，如果遇到需要用生命做代价的时候，我想每一个母亲都是毫不犹豫地去奉献自己的生命。但是那样的时候比较少，那就给这些母亲们提供了一个爱的平台，在这个平台上，每个母亲都展示了自己的风格。有的是过于溺爱，导致孩子出现这样或那样的缺陷，还有走上犯罪道路的；有的是过于严厉，让孩子觉得没有一点儿温暖，生活的不快乐，影响了他们的性格发展，造成了严重的心理障碍；还有的不能顺应孩子内心的需求，处处都要去干涉孩子，不能让孩子有好的发展，以至于最后两败俱伤，还影响了母子之间的感情。这些行为不能说明他们没有爱，而是爱的方式不对，他们没有真正地理解爱的意义。他们的思想没有达到那种境界。曾经有这样一位母亲，她的两个儿子，一个是高才生，另一个却是农民，人们在问她的时候，她说："每个人对幸福的感受都是不同的，他们两个过得都很快乐，作为母亲我不会勉强，人各有志。"她的爱已经得到了一种升华，一种超脱。

第二种爱，有很多人都做不到，更别说境界了。我们都有朋友，但是真正的朋友却有几人？因为很多人都没有付出自己的爱。他们只是口头上说我们是朋友，有什么事情尽管说，一定会为朋友两肋插刀，但是一到有事情的时候都跑得很远。朋友之间真正的爱就是要有宽容、真诚、无私的心，再加上完全的信任。这样就可以说已经不愧于"朋友"这两个字了。而有的人就只会盲目地说，他是我朋友，他怎么怎么好……可是他就没有真正理解什么才是朋友。我有一个朋友，我们在一起20多年了，我们的感情是很深厚的，生活中我们朝夕相处，心灵上我们心心相通，我们是除了父母之外最了解对方的。但是却由于种种原因，我们已经变得很陌生了，回忆以前所有的生活片段，我们说过的每一句话，都让我刻骨铭心，就这样结束20多年的友谊，我的心都快要碎了。我曾试图去挽回这段友谊，可怎么也回不到从前似水般的真挚情感，我们之间只缺少了一样，那就是信任，所以朋友之间的爱更是一种至高的境界，能达到的寥寥无几。

第三种爱，就是我们所说的爱情。也是我们生活中爱的最主要的一部分。关于爱情自古以来就是人们所探讨的问题，很多文人墨客都对爱情发表过评论，都有自己的独到见地。他们因为自己的见解不同，所以对待爱情的方式也就不同，普希金因为爱情和别人决斗至死，托尔斯态因为害怕爱情终生未结婚，尼采把女人说得很卑劣，今天的周国平说爱情是一种疾病，他们都是大文豪，但是他们都没有得到真正的爱情。

我们中国关于爱情的神话传说和民间传说特别多，那些都是我们对爱情的憧憬、向往。但是真正的爱情你经历过吗？你身边的人他们经历过吗？我想我们的回答不会那么肯定吧。爱情是一种至真至纯的情感，它不是说两个人之间说过海誓山盟的话语，或者彼此为对方做些力所能及的事情，或者说彼此之间的相互吸引，这就是爱情了。具体地说爱情是什么呢？爱情就是让对方幸福，能够无私地为对方奉献，即使她不知道你做的这些，你也一样做下去，从来不需要回报，也从来不想要索取，也不会为了自己的占有欲而去采取一些手段。哪怕是她没有选择和你共度一生，你也要在背后默默地祝福她，她的幸福，就是你最大的幸福。当她在生活中出现了难题的时候，你是第一个赶到她身边的人。这些说起来看似很简单，但做起来却很难，这其实就是一种爱情的最高境界。

有一个这样的故事，公猪和母猪住在一起，公猪对母猪特别好，天天最好吃的让它吃，每天还要为它放哨，过不多久母猪就吃得胖胖的，而公猪却骨瘦如柴，母猪很感动，认为公猪特别爱它。有一天公猪放哨的时候听见主人和一个屠夫说再过几个月要把母猪杀掉，公猪从此再也不让母猪吃好的东西，自己吃好的，还让母猪去放哨，母猪天天以泪洗面，没过多久就瘦了下来，而公猪却吃得很胖。最后，屠夫把公猪送到了屠宰场，走的那天母猪完全明白了公猪的用意，流下了伤心的泪水。这个故事虽然有些童话色彩，但还有哪一种爱情比这更让人感动，让人潸然泪下？这正是爱情的真实写照，它让我们去深思，让我们去理解，让我们去感悟。

"爱"这个人类永恒的主题，演绎着我们生活的主旋律。如果我们每个人都能提高自己的个人修养，把它推进到一种超脱的境界，那我们将会更爱这世界，这个世界也会更爱我们！

流淌于心的红旗渠精神

解放初期，勤劳勇敢的林州人民，用一锤一铲一双手，劈开太行千层山，建成举世瞩目的红旗渠水利工程，结束了"十年九旱，水贵如油"的苦难历史，孕育了"自力更生，艰苦创业，团结协作，无私奉献"的红旗渠精神。

精神是生命之树，灌以思想之泉，方得常青；精神是尘世之花，倾以百般心血，方得娇艳；精神是信仰之路，报以恒久之念，方得绵长。

红旗渠精神，闪着熠熠光辉，映红了太行山的紫色岩壁，在我们心中也飘扬着一面猎猎的精神之旗，从此，一条渠，一种精神，被世人做了跨世纪的仰望。

雨果说："脚不能达到的地方，眼睛可以达到；眼睛不能达到的地方，精神可以飞到。"可见精神的高度和境界。没有精神，一切都是无源之水、无本之木。

精神需要倡导和学习，精神也需要传承和发扬。伟大的精神是人类的一种财富，精神的传承和发扬，让我们从中看到了民族的兴旺和发达，看到了祖国之大好前景。只有把伟大的精神发扬光大，才能为我们积蓄向善、向上的力量。

鹿邑是老子故里，是文化渊源深厚，历史悠久的一个县城，老子的精神是我们世代所尊崇和敬仰的。老子思想涵天盖地、精到玄妙，其间闪烁着大爱大美的光辉，让我们一直在道德之光里追逐和行进。新一届县委县政府"德惟善政，政在养民"的执政思想，让一项项工作稳步发展、扎实推进。为促使党员干部进一步坚定信念，强化宗旨意识，把为民务实清廉的价值理念贯彻于工作中，梁书记躬身力行、以上率下，号召全县各单位、各部门党员干部前赴红旗渠深入培训，以期用红旗渠精神影响人、鼓舞人、激励人。

通过此次培训，党员干部深受感动和启发。大家纷纷表示，在今后的工作中要学以致用，把学习成果转化为谋划工作的思路，解决问题的办法，推动发展的能力，敢于担当，主动作为，真抓实干，以实际行动践行红旗渠精神。

用精神引领风尚，用精神弘扬美德，用精神激发力量。红旗渠精神将成为我们前行的指引灯，心底的基石，我们将秉承和发扬此种精神，努力作为，为打造区域副中心城市，建设富强民主文明和谐美丽的新鹿邑而奋斗！

伟大的红旗渠精神，将永远流淌在鹿邑人民心中，生生不息、绵远悠长……

随心杂感
——浅谈李敖

对于李敖,无人不觉得他是一位惊世奇才,卓越的文学家。如果文字可以驱逐邪恶,那么,李敖的作品,就是制服在古希腊神话百魔箱中120种魔鬼的有力武器。

他的文章枝枝节节,无不渗透着精华,似乎他的笔中有灵气。写给女人的情书缠绵悱恻,不惊则肉跳,让女人感到他的每根神经,每个器官都渗透着浓浓爱意,不禁忘我去爱,无怨无悔;写给政界的篇章,则是无一字不含有讽刺、挖苦的意味,对他们的不满跃然纸上。骂,骂得痛快淋漓;恨,恨得刻骨铭心。让那些丑恶的面目,不敢拿起镜子,看一下自己的形象,怕自己看了之后永远有噩梦。仅此简单文字,胜过唇枪舌剑,不得不令人佩服至极。

如果要问,他的这么多优秀的作品灵感来自什么?会有人认为是女人给了他创作的欲望。因为李敖的"双龙抱"则是"抱女人""抱不平",难免会让人有此想。不错,是有一些女人的因素,不然的话怎么会有《李敖情书集》——记录他满腹爱情话语的佳作呢?但那些批判的冷嘲热讽之语,莫非也是来自女人?

李敖的一生是被女人包围的一生。他说他一生最大的快乐是做男人。对待女人,他宠爱有加。他认为女人可以不具备真和善,但是必须要具备美。和女人只能谈情不能说理,一旦女人有了思想,就既不女人也不思想。这说明在他的心灵中,男人的主观性很强,女人就是女人,是美的化身。他的观点,其表面和实质,都能给人一种美感,让女人感到一种归属的幸福。李敖是一位敢爱的男人,他的女人,都能体会到内心的欢愉、超脱,能感受到被爱的幸福。因为的确,李敖是用心去爱的。在灵肉不统一的时代,他却是用灵和肉换爱情,达到了完美的统一。既没有精神恋的不切实际，又没有只重肉欲的性挥霍，是很多一般男人所做不到的。

李敖一生爱的女人很多，但他爱任何一个女人的时候，都会用自己的全身心去爱，去给她带来快乐。是真诚和热情使他变成了一位痴心的男人；一位令女人刻骨铭心，永生难忘的爱人。当他心爱的女人，从他身边走过的时候，他会肝肠寸断、痛苦至极。他的初恋失败的时候，他连服了三次安眠药，以结束他的生命。他的爱是如此冰清玉洁，不掺杂任何杂质；又是如此伟大，可以抛弃生命。这种男人的爱，又怎能不让女人感到像陈年老酒一般香醇？这种男人，又怎能不让女人为之动情，为之爱慕一生？或许因为在他的身边不乏女人相伴，会有人说李敖风流多情、见异思迁。但我们为何不透过浮云遮望眼呢？李敖风流多情，但李敖绝不见异思迁。风流多情，对一般人来讲是"风流""多情"，而对李敖这个真诚男人来讲，则是更进一步地说明他敢于勇敢地面对爱情，而不是道貌岸然的伪君子用眼角看女人，心里早已波涛起伏，外表则风平浪静，乘万事万物沉睡之际，偷捞一把。请问所谓的伦理在哪里？道德又在哪里？再则，李敖爱的女人都是非常值得爱的，她们美丽、善良、聪明、善解人意、努力、有深度，她们的可爱让人望尘莫及。可见，李敖十分会欣赏女人，懂得什么是美。如果全世界的男人都像李敖一样，那么，世界上既不缺少美，也不会缺少发现美的眼睛。见异思迁，对李敖来说，是对他的一种侮辱。因为他从来不会因为另外一个女人的介入，而去抛弃原来的女人，就连喜新厌旧的思想都不曾有。当然会有这种"假像"情况。在刘会云和李敖相爱时，胡茵梦走进了他们的生活。刘会云是一位善良的女人，她最终为了成全他们两个，而选择了逃避，她的离开令李敖非常伤心，不了解他的人们，李敖的见异思迁何在呢？

李敖的"抱不平"，也是他一生中的可敬和可贵之处。譬如，他的朋友萧孟能和朱婉坚，因为萧孟能找了一个情妇，而逼迫朱婉坚离婚，且不给她任何财产时，李敖挺身而出，为朱婉坚讨还一个公道。为此，他坐了六个月的牢，且又失去了自己心爱的妻子，他无怨无悔，因为他的良心再也不会受到谴责。为了朋友，已经做到了仁至义尽。这又体现了他的热血男儿的气魄和胸襟，也正是他的高贵品质所在。不愧是李敖！

李敖生活得洒脱、浪漫又真实，应该是无人能及的。他的乐观主义精神，促使他永远是一个没有痛苦，没有烦恼，只有幸福，只有快乐的人。在他的生活里永远都是一片蔚蓝。他永远不会疲惫，为此，他永远不会停歇。一往无前，是他永远的追求。用一个"真"字可以代表他的生活。他的世界里没有虚伪，更没有虚假。是亦是，非亦非。无人能让他以假为真，或用真换假，也无人能充当他肚子里的蛔虫，从中作梗，攻击身心，让他俯首称臣。唯美论的观点，让他真、善，更让他美。与他相比，或许没有人的生活能比他的生活更像生活。

　　李敖就是李敖！

冬天到了，春天还会远吗？

也许有好多人羡慕鱼儿能自由自在地在水里游，羡慕鸟儿无忧无虑地在天上飞，但是你们是否知道它们也担心着自己的生命被葬送，天灾人祸，自然环境的恶劣，环境污染得严重，是使它们无法摆脱痛苦的原因。世间万事万物，都有它们的痛苦。有人说那个人整天像一只快乐的小鸟，他没有痛苦，也许他整天的满脸笑容，正是他内心太痛苦，以此来刺激自己，麻痹自己，来达到心理平衡。

不同的人，他对待痛苦的态度也是不同的，也可谓每个人都有自己的处世经验和方法。有人用佛学的思想去对待，他们相信一个偈语："菩提本无树，明镜亦非台。本来无一物，何处惹尘埃。"认为本来什么都是虚无缥缈的，如空中楼阁，子虚乌有。把痛苦抛在脑后，不去想它们，有人始终处在惧怕之中，害怕大祸降临，担心痛苦会降临到自己头上，一旦那样，他们将会胆战心惊，无所适从；还有人遭到不幸时，恨天怨地，叹息命运，感叹人生，好似看破红尘；还有的人如温室花朵，一经风雨，便衰败凋落，命赴黄泉。

做好一件事的前提也就是要有一种对待这件事的正确观点。当我们面临困难的挑战时，应该毫不畏惧，勇敢地去接受它。痛苦当然是有的，但只有这样我们才能迈向痛苦的彼岸，去接受那鲜花与掌声的馈赠，勇敢地去接受，这对我们来说也许会有一种痛苦的感觉，但我们假如连这一点儿勇气都没有，何谈去拼搏和奋斗！相信佛学的人，觉得什么都无所谓有，无所谓无的，一切却是上天注定，命运安排。这种思想也许是对的，假如"消极"这个词是褒义的话，假如社会停滞不前，人类文明不断后退，这一切观点都是正确的话，人生与矛盾绝对不会抗衡，没有撕心裂肺的痛苦就不会有振奋人心的欢乐，所以我们都应该乐观地去接受它，愁苦脸旁背后可能隐藏着一个灿烂的笑容，把痛苦看成一次对自己人生的考验，不要去怨天尤人，不要去痛恨世间的不公平。更何况我们是青年人，青年人的名字就叫坚强，青年人脚下踩着泥泞，谁说不会跌倒？但跌倒后爬不起来不是青年人的作风，我们不应该经不起风吹雨打，不应该只是一只小纸船，遇一点儿水，便成了它的殉葬物。能够愉快地接受痛苦，这应该是第一步，但并不是说你接受了痛苦，什么就已经解决了，最重要的是能够承受它。

有时我们做一件事，对它充满了信心，觉得自己一定会把这件事做好，有一种良好的思想风貌，精神素质，但未必这件事就能成功。但在做事过程中，还要不怕困难，甘心承受这一切。俗话说："吃得苦中苦，方为人上人。"当然承受痛苦，与痛苦作斗争，需要我们具备一定的条件，那就是一定的科学文化知识和丰富的斗争经验，而这些条件的取得，也需要我们能勇敢地接受痛苦，承受痛苦，在痛苦之中去索取、去探求。可以说在生活当中无处没有烦恼，无处没有痛苦。那就需要我们勇敢地去克服，只要我们能做到这些，最后的胜利一定会属于我们。

冬天到了，春天还会远吗？

爱情进行时

看了深圳卫视的《我有一封信》栏目的一段爱情视频，所有人都哭了，我也无法控制自己的眼泪，让它不停地流下来。

这个故事的主人公叫乔永谦和王虹，他们的爱情刚听上去不能让人理解。他们是一段婚外恋，这段爱情故事发生在43年前，在那个年代基本都是包办婚姻的，而相同的兴趣爱好，朝夕相处的生活让他们相爱了。和很多爱情故事一样，他们甜蜜浪漫，而相爱在那时就意味着灾难临头。乔永谦被下放到了乡下，工作丢了，离婚在当时就是天方夜谭，王虹为他生下儿子的第28天，被父母带走了，留下了一个可怜的儿子和一个孤苦无依的爱火燃烧的男人。就这样他们分别了，只留下了永久的思念。43年后通过栏目组找到了王虹——他一生的爱人，两人都已年过半百，他们相拥热泪纵横，多少年的辛酸，多少年的磨难，多少年的无奈，又多少年的思念都融化在了这流淌的泪水中。

当乔老说道："王虹，我现在有条件带你走了，你愿意跟我走吗？"全场寂静，只有泪水在每个人脸上流淌。是啊，可以走了，他们终于可以在一起了，他们的爱情也终于有结果了，为他们高兴，但是心里总是酸酸的，43年，这个不短的日子，他们所受的煎熬谁知道？他们彼此深夜难眠思念对方心痛的时候谁知道？他们生活中最伤心和最快乐的事不能和最爱的人诉说的无奈谁知道？

被带走的王虹迫于家庭的压力再婚了，但是在她的心里始终深爱着乔永谦，每分每秒从不曾忘记过。但是乔老却说："这中间无论你有任何变故，我都不在乎，毕竟你为我受了那么多苦，我只想和你一起生活，生在一起，死也埋在一起。"

多么朴实的话语，却能让我们感受到那一颗诚挚的心在跳动。

　　苦苦等待了四十多年的感情终于有了好的结果，苍天没有辜负这对爱人。这个在人们眼中十恶不赦的小三也得到了人们的认可。他们的爱情故事将会继续上演，但不同的是种种磨难将会被重重幸福所取代，祝福他们永远幸福快乐，相爱永久！

　　如果岁月可以重来，我想回到43年前；如果一切都可以改变，我想看着你的身影一直在我的眼前从不曾远离；如果爱情有期限，我希望它是一万年。两位老人的爱情经历了岁月流转，经历了沧海桑田，但在人生的彼岸，他们的深情守望成就了多年后的执手相牵。爱情是一种缠绵的永远，他们演绎得如此生动美丽。愿爱是一生的海誓山盟、相依相伴……

无须完美

我的手机接打电话时声音稍有些低,不影响正常使用,但是,我心里很不舒服,于是就找人修理,结果,修的时候,触到了主板,一个好好的手机报废了。我后悔不已,同时,这件小事也引发了我深深的思考,生活也许就是在细节中感悟,在小事中成长。

我对手机的要求太过于完美了,实则对生活也是如此。其实每个人都像我一样非常喜欢完美,但是完美却是不存在的。《道德经》有言:"大成若缺。"哪怕你找遍整个角角落落,依然会一无所获。最后留给你的只能是失落和悲伤。

男女在找对象的时候,都希望能找一个完美的。男的希望能找一个温柔、善良、贤淑、精明、能干、有深度、通情达理、善解人意、漂亮多情的。女的希望能找一个高大、威武、挺拔、帅气,有正义感,有责任心,会关心,体贴人的。可是到最后都未能如愿以偿,只好听任长辈们的话:"几条路走全是不可能的。"如果男女双方都奔着自己的梦想去寻求,执着的精神令人感动,也值得发扬,但是人世间所谓的"婚姻"就不复存在了。一个最生硬也必须提到的问题"繁衍生息"就无法解决了。祖国没有了儿童,当然也就没有了未来,那么整个世界是多么地可怕。有些年轻人为什么会爱得死去活来,可以为对方牺牲一切,他们真的找到完美了吗?不,他们包容了对方的一切不足,爱着对方的一切,包括好的和坏的。所以,在整个过程中,他们没有按照自己的梦想,去要求完美,这也是他们聪明的一面。

工作中,有的人对自己要求得也很完美。他要的是"永远第一"。但是,我们知道，生活中是会有很多闪失，很多例外的，"第一"的头衔不会永远高挂在他的头顶。所以，他就会萎靡不振，甚至想唾弃生命，他的生命也太狭隘了，太不堪一击了。如果他不那样要求完美，他的前景将会很广阔。比如说，在我们的教育岗位上，你一直是第一，这一次却不是第一了，你要对自己做一下检查，你看学生是否仍然很喜欢，也很钦佩你这个老师；你的学生是不是懂得很多知识（比其他班同学），思维也很敏捷，视野也很开阔；班风、学风是不是很好。如果这几个方面都很好，你又何必在乎那一个不太重要的名次呢？也没有什么意义。我不是告诉你，"退一步海阔天空"，而是告诉你，你要给自己一种心灵的安慰，以后继续努力，争取干出更好的成绩来。

生活中，有很多事情都是不能太过于苛求的，衣服缝儿开了，自己用针使劲儿往里缝，只怕会开，结果会有一个撮子，很难看；你长得很瘦，想吃胖一些，天天吃肥肉来补充脂肪，结果吃成了一个胖子；你很希望自己变得年轻，结果成天苦思冥想，闷闷不乐，结果让皱纹爬上了你那本来年轻的脸。有一句千古不变的格言"物极必反"，我们一定要牢记。

人世间本来就不存在完美，碧玉尚有瑕，更何况我们这缺憾的人生，委曲求全的生活呢？我们不需要求完美，只要能让自己做到尽善尽美，人生足亦！

快乐的源泉

什么是快乐的源泉呢？这看似简单的问题，实质上却很难回答，就像什么才是幸福一样一直让我们无言以对。一个人主观上追求的目标是什么，当他的目标变成现实的时候，我觉得他是最快乐的。

生活中我们一直在努力，来让自己的所谓的目标变成现实，也就是到达梦想的彼岸，说白了，就是制造自己快乐的源泉。我要反问一句，到那个时候你真的快乐吗？如果真的快乐为什么会有那么多的功成名就之人，还觉得生活毫无色彩而去追求一种淡然随心的生活呢？

在当今这个科技发达，物质化的社会里，人和人之间的竞争达到了针锋相对的地步，《孙子兵法》里边的招数都牵动了很多人的思维，没有硝烟的战场真的是很可怕，最终的结局是胜者为王，败者为寇。所以就有很多人用生命做赌注，来争当胜者，这个过程我们可想而知，是非常痛苦的。但是他们有一个信念，前面就是阳光大道，就这样一步一步走来。也许人就是靠信念支撑的，否则人的肉体就是躯壳。胜利了，让他们疯狂了，真的是很快乐，欣赏自己的才华，佩服自己的勇气，甚至赞美自己的手段，站在人生的顶峰，俯瞰这么多人，感受到了至高无上的威严。一天一天地过着这样的日子，渐渐地发现身边缺少了什么，这些缺少的东西，也就是以前从来没有在乎过的，现在发现没有了他们生活却变得索然无味，他们缺少的最重要的一点是情感，朋友不再是以前的朋友了，失去了彼此的信任；由于繁忙，很少和亲人们团聚，也变得慢慢地疏远；爱情就更不用说了，由于周围的一切都改变了，两个人也不在融洽；还有一点，就是劳累，失去了轻松的生活，现在让他感到的已经不再是快乐，而是失落。这样，原来所要追求的快乐的源泉还有意义吗？不等于给自己上了一套枷锁吗？

也许会有人说，现在不竞争就没有饭碗。是的，但是我们不能一味地竞争，把竞争当作一种生活方式，多累啊！我们的生活应该是多姿多彩的，可以竞争，但要适可而止，要尽量地追求一种平静的心态，一种平淡的生活。会有人看了之后说我的思想太消极了，或许是有的，但是我们要搞清楚我们的生活是为了什么，难道仅仅是荣誉、鲜花和掌声吗？有一点是最重要的，那就是一个不寂寞、不空虚的心灵。

咀嚼痛苦

痛苦在人生中占有很大的比例，所以，我们的生活，总是有痛苦相伴。痛苦，它来源于人的心灵，是心灵对外界事物的一种反应。有时候，我们的心灵可能会有一点点触动，会伤心，但伤心并不是痛苦。痛苦应该说是人最难以承受的一种心灵颤动，它让人的思维凝固，让人的神经系统紊乱，让人的外部表现失于常态，让人不能正常地工作、学习以及处理生活中的事情。而伤心只是人偶尔间的一种伤感，它没有触及内心最深处。

面对痛苦，每个人的态度和表现都是不一样的。有的人不知怎样面对，天天害怕痛苦来临，快乐时不快乐，整天忧心忡忡，无心顾及生活中的事情；有的人遇到痛苦，好像天都要塌下来，只是沉浸在一种悲伤的氛围中，无法走出此时的心境；有的人只是听天由命，顺其自然，做守株待兔的"聪明人"；有的人视其不存在，伤不到自己，因而也不去思考。这种种态度结局如何，我们可想而知，最终也找不到解决问题的好方法。

我们遇到痛苦的时候，究竟应该怎样呢？怎样才对自己的生活有益处呢？那就是去咀嚼痛苦，就像我们吃东西一样，要慢慢地咀嚼出其中的酸、甜、苦、辣，不能囫囵吞枣，那样将不会有所收获。当然，咀嚼的痛苦都是苦的，但苦的成分也会略有不同。把那些苦的成分提取出来，自己来做自己的医生，想想用什么方法来诊治，是药物调理、针灸热敷，还是其他方法。看看哪一种方法能收到明显效果，最终来决定治疗方案。我们的治疗一旦成功，在以后将不会再出现类似的让自己痛苦的事情，自己的心灵也不会再蒙受此种辛酸和无奈。当然，在此种治疗过程中，我们会付出很多的血和泪，也许会遭受到更大的痛苦，让我们精疲力尽，让我们丧失生活的信心和勇气，也会想到放弃，但我们依然应该努力，我们应该坚信"山重水复疑无路，柳暗花明又一村"。痛苦的彼岸是幸福，是快乐，它们之间只差一条河，而我们正是要渡过这条河，我们要使出浑身解数，不然就会坠入河中。但当我们到达彼岸的时候，将会很欣慰，因为会有很多意想不到的收获。更重要的是这将是自己人生中最有意义的一页，也会使自己的生活不再单调，不再乏味。

也有很多人会有这种想法，也会给自己暗暗地鼓劲，他们也相信靠自己的努力，一定能够克敌制胜。但是，当痛苦真的来临了，他们却一蹶不振，打不起精神来，只有眼泪；也会有突然间的明白，但是却乱了方寸，不知如何是好。即使自己想咀嚼，也不知道怎样去咀嚼；即使自己咀嚼了，也咀嚼不出真正的味道来。所以，当我们真的遇到痛苦时，我们不但要有勇气，也要有好的心态，那就是冷静。眼泪是有的，但你不要把眼泪当作武器，你不要想自己已经坠入悬崖，你应该想自己正在悬崖边，怎样才能不掉下去。要冷静地去分析，不要冲动，这样才会真正收获成果。

我希望大家不要把痛苦当作最凶残的恶魔。它是我们大家的敌人，这一点我们不能否认，但它却是我们善良的敌人。也许它的外表让我们看不出善良，但它的内心却是火热的。只要你去细细地咀嚼它的苦，最后你会感受到浸入内心的甜，那样，你就会有血肉丰满的人生。

家长会发言

尊敬的老师，各位家长：

大家上午好！在母亲节来临之际，首先祝天下所有的母亲永远幸福安康！

我是杨一恒的妈妈，今天，很高兴参加两位老师精心筹备的家长会，又很荣幸能在这里与各位家长交流教育经验和心得。在这里，我先分享一下我的教育方式和方法，如果说是经验真是谈不上，只希望能给我们教育孩子提供一点点微不足道的帮助，让我们少走弯路，做好孩子的第一课堂方面的工作，能和老师一起把孩子教育成人、成才！

杨一恒这次考了阶段第一名的好成绩，我非常感动，感动于老师的谆谆教诲，感动于孩子的辛苦努力，感动于这个学校良好的教学环境和管理模式，但我却没有感动于作为母亲的我是如何地教导和付出。因为我真的觉得自己没有付出什么，我由于工作忙、事情多，对孩子的陪伴很少，更谈不上怎样去教导，我觉得很是惭愧。但是孩子成绩没有因此受到影响，我很欣慰，但我也因此悟到了一些什么，父母是否能够换一种方式去培养孩子？我们的孩子现在很小，他们的功课我们也大多会做，我们可以面面俱到地去辅导，哪里有一点儿错误，我们一眼就能看出来，但是等孩子上了高年级，我们很难再去辅导，我们大多已经不会了。那个时候孩子的依赖性已经形成，等着你去告诉他正确的答案，然后再做好交给老师。那么和孩子就很难达成共识，很难再去和父母齐上阵共同努力取得好成绩。

所以，第一点，要养成孩子的自主学习能力。有的家长可能会说，孩子这么小，根本不听话，这个没办法，但是，我们要知道，这么小不听话，长大了更不会听话，有一句话叫"三岁看一生"，孩子从小就应该养成良好的习惯，习惯决定以后的成长之路。但是我这么说，并不是我们就可以放手，不管不问；相反，我们要问得更多，因为好习惯的养成不是一朝一夕，是需要有一定的规划和实施的，与其天天督促着，守着孩子更要有一定的思考和方法。你看着他写，不如他写好了你去检查，错的再让他去改。授人以鱼不如授人以渔，我们告诉孩子解题步骤，不如教给孩子解题方法；我们天天看管着孩子，说赶快写作业，不如孩子自觉地一放学就写作业。所以习惯的养成至关重要，不容忽视，也是我们教育孩子最重要的一点。

第二点，适当的鼓励和奖赏很重要。作为成人的我们，如果听到好听的话，还会高兴半天呢，更何况我们尚年幼的孩子呢？"好言一句三冬暖，恶语伤人六月寒。"在孩子做错题的时候，你告诉他，你再看一看这个题，妈妈相信你肯定比熊大更聪明；在孩子考试马虎的时候，你告诉他，如果这个题，你能多看一遍，肯定不会错的，妈妈觉得我的孩子最棒的地方是这个题老师已经给我们讲过了，而你还记得；在孩子连续考试不好的时候，不要很是担心地指责，而是沉住气，告诉孩子，妈妈已经给你准备了一个魔法盒子，只要你努力，下面的考试，每次都可以考得特别棒！但是鼓励还是要适当，不能一味地鼓励，这样会让他产生骄傲的心理，可以点到为止地告诉孩子说"你最近的成绩妈妈可是不高兴了啊"，他会注意的，希望能让妈妈高兴。还可以买礼物给他，但这个奖赏，也是很有必要的，不是说奖赏给他钱、奢侈品，或者什么平常没满足的他的欲望啊，而是一次郊游的机会，一次有趣的采摘，一次陪伴的朗读等，这让孩子感受到努力学习之后有多么愉快的奖赏，他就会考试时候多用心一些。但是一定要兑现你的承诺，让孩子相信你，以后也会听你的话。

第三点，不要对孩子要求过高。在这个世界上，我们都不是最优秀的，何必要求孩子太过优秀。我的女儿成绩一直也不错，从小学到初中都是班里的前几名，今年九年级，每次考试都很好，但是我从来没有说过，"女儿啊，你一定要考试怎么怎么样"，我每次看到她问到的都是吃饭问题，因为怕她正是长身体时期，饮食不好影响身体的增长。女儿一次考试的不好，我一样还是对成绩只字不提，只问吃饭怎样，带的牛奶喝完了没有，女儿就满怀愧疚地告诉我说："妈，你怎么不吵我？"我就说："妈妈知道你也不想这样，学习很辛苦，我没有什么好责备你的。"女儿就搂着我说:"妈,你真好。"后来女儿的考试再没出现过那样的情况。回忆起来,女儿说:"妈,亏得你对我要求不高,不然,还不知道会怎样呢。"所以,过高的要求,给孩子一个超乎寻常的目标,并不是一件好事,反而会让孩子压力过大,而无法承受,甚至气馁。

  这三点,是我在教育孩子过程中,感受最深刻的地方,也是我一直所遵循的三个原则,一直没有改变过。我的同事们都说,你有两个听话的孩子,真有福气,也不用操什么心。他们也都觉得我不问孩子,看上去很轻松,但是和我较熟悉的都知道,不是不问,而是问的方法不同。当然我很庆幸我有两个听话懂事的孩子,但是听话懂事的孩子如果不努力培养,也会变成不听话不懂事的孩子。

  所以,对于孩子的培养,我们不能懈怠,父母是孩子的第一任老师,父母的一切都在影响着孩子的成长,孩子模仿力特别强,父母的一言一行对孩子都极其重要,要想让孩子读书学习,自己先做一个读书学习的父母。只有老师的关怀是不够的,也是不行的,家长必须和老师携起手来,做好家校互通,家校合作,家校共育,才能把孩子培养成我们希望所成为的人。

  最后,我怀着激动的心情,感谢近一年来,两位老师对我们孩子的精心培育,无私付出和真诚关爱。在这里,我诚挚地说一声:"谢谢你们!"最后感谢各位家长的聆听,希望多提宝贵意见!谢谢大家!

城市精神和城市宣传语征集材料

城市精神
道于心　敏于行　志于坚　美于德

城市精神重点在于传承一种文化精神；树立一种理想信念；标榜一种核心价值观；传递一种积极向上的正能量。

综合几个方面考虑，应首先考虑我县历史文化内涵，把老子"道"的思想精髓根植于心（道于心）。目前我县城市建设发展迅速，一项项惠民工程，一个个招商项目惠及百姓，深得社会各界好评。综合发展的提升，得益于鹿邑县委县政府各级领导及全县百姓的坚强意志和精准干练、行思敏捷的精神风貌（敏于行 志于坚）。除此之外，我们在发展各项经济的同时，要像根植于心的道家经典一样，要把德贯穿始终，无论任何方面，这样城市才有了血液精髓，才会更加美丽（美于德）。道和德不可分割，像一条主线，引领鹿邑的飞速发展，因此，把它们安排在城市精神语的始和尾。

城市宣传语
道德天下　智慧之城

我们鹿邑是老子故里，老子名满天下，一部《道德经》也誉满神州，所以，这是我们鹿邑城市宣传得天独厚的条件，我们理应从此处着手。

"道德天下"本义道德行于天下。道德是社会意识形态之一，是人们共同生活及其行为的准则和规范。"道"，自然也，自然即是道，老子《道德经》道法自然,"道"乃天地之始,万物之母,"德"与"道"不可分割,也曾有人把《道德经》分为《道经》和《德经》,实非老子所愿,说明老子施布天下道德,故此"道德天下"。

"智慧之城"。《道德经》仅仅五千多言,但字字经典,句句高深,让人思索,让人参悟。我们的家乡亦如这部《道德经》,处处散发着智慧的光芒!

第七章 美丽的梦像美丽的诗一样

你曾说

你曾说
我怎么会遇见你
比梦还要美丽
我站在你的面前没有言语
身后那束蝴蝶兰许是开了
淡淡的香甜气息阵阵袭入我的心里

你曾说
告诉我,是什么赋予了你
让你在我心里一刻也不曾离去
我拉起你的手
在你的掌心慢慢地写下你我的心语
然后陪着你
看一场江南杏花雨

你曾说
这个世界,我只认识你
我再也无法在初春的新绿里
尽情地呼吸
一帘暖风能否抚平我的心湖涟漪
让我用蘸满墨香的笔写下深情的你

总有那么一个人
会让你微笑着想起
而我,想到的还有他说过的字字句句

有你的季节全是葱茏

有你的时光写满心动

在这个世界上

谁不奢望一生一世一双人

谁不思恋天长地久红尘梦

谁不企盼奈何桥畔生死恋

彼此念起，便是世间最美的情缘

月华如水，洒落一地

你沿着我诗文的韵脚慢慢走来

让我在此刻又一次想起

你曾经那句痴情的话语

那一天

我轻轻问你

如果缘分让我们就此分离，你会不会离我而去

你静静地看着我说

我永远不会离开你，除非我死去

我再也无法看着你

心疼的泪水滴落一地

有人说

爱情的藩篱阻隔了甜言蜜语

你却在每一束光阴的芳草地种花护篱

待花海溢满了诗意

我舞动着沾满花香的衣裙奔向你

一起寻找那美丽的紫竹篱

如果爱是一生的灵魂相依

我们为何不把那份温暖氤氲在话语里

当浪漫的誓言载满了流年的印记

让爱没有距离

让每一丝空气都甜蜜如醴

让每一个我和你都伴着春花秋月慢慢地老去

把你放在春天里

好想

把你放在春天里

于是你隐却了百花的光芒

蕴藏了这一季倾城的香

我带着风的痴缠、云的醉意

走进这个有你的春天里

一池碧水映桃红

半帘烟柳著春容

春风十里演绎着诗情画意

那一幅幅素色淡雅的水墨画里

哪一处没有你描摹的痕迹

我无须找寻

你已在我心里装扮了整个春季

为了遇见你

我在前世频频地回眸

而你却在轮回的路口分分秒秒地等候

当菩提藏满了融融爱意

我们用一世的痴迷换来了今生的相遇

没有人可以把缘分诠释得多么清晰
比如你奔赴我的生命里
我在你的心里写意
让灵魂在尘世情梦里安静地栖息

有人说
这个世界有了爱才有美丽
就像云水相望，蝶花相依
就像晨风晓露，叶间禅意
就像我们偶尔的相视
心中万千旖旎

从来不知道
你一直在我的文字里幽居
那浅浅的诗行
字字句句都有你深情的呼吸
你把星月的光辉洒进爱的红尘里
与我在一纸流年里相伴相依

在这个春天里
任蝶儿翩跹
任翠色流淌
我只想和你静享岁月温良
让指尖滑过缕缕花香
在春光一梦里
演绎这世间最美丽的地久天长

你从我的心里走过

你从我的心里走过
全世界的花儿都开了
风儿拂动着云的柔衣
将情思串成一缕一缕

是你
在月色横斜的黄昏
将长长的身影嵌入我的念里
时光沾满了花香
染醉了心房
就这样静静地想你
凝望着你的方向
慢慢地临摹成一幅云水相望

如若
你是苍松劲柏
我就是那满山的绯红鹅黄
为你的伟岸装点
与你的葱翠相映

如若

你是白雪皑皑

我就是那蜡梅朵朵

陪你笑迎春色

伴你严冬安暖

我想

生命中每一份遇见

都不是为了错过

没有人可以把离别做得多么洒脱

抚琴一曲，思念成歌

知道你懂得

你从我的心里走过

便分分秒秒不曾离开过

我守着尘世烟火

穿过文字阡陌

记下每一个晨起和暮落

都是对你的深情诉说

有一天,我老了

有一天,我老了
不能再呈现给你青春的笑容
你是否还会在溢满花香的小径
牵起我的手
轻声说
让我陪你一起走

有一天,我老了
轻柔的发也被岁月封存而下
你是否还会抚过我额前的发
轻轻拍着我的脸颊
让那份爱意在眼睛里慢慢融化

有一天,我老了
清清荷塘再也映照不出
我为你而灿烂的容颜
你是否还会拥着我
用星辉的斑斓和月的缠绵迷醉我的双眼
用你的温情为我书一抹似水流年

有一天，我老了
多愁感伤的我还会惜花怜月，伤春悲秋
还会一曲琴音清泪涟涟
你是否还会千里之外，飞身而归
告诉我
傻瓜，你是我最深的牵挂

有一天，我老了
窗台的蝴蝶兰还会开出紫色的浪漫
你是否还会为我晕染爱的诗篇
风过香满盏
一个字便轻易触动我心底的柔软
永远是多远
一生一世，岁岁年年

有一天，我老了
再也舞不动飞扬的裙裾
你是否还会用动情的笑容等待我缓慢的步履
让经年的芬芳，馨香曾经许下的地老天荒
我便不再有岁月易逝的怅惘

有一天，我老了
画地为牢的爱情
依然在葱茏的季节里纷纷扬扬
一颗心　一个世界
一程山水　一份守望
一笺淡墨　一生时光

有一天，我真的老了

我想

青山不老　绿水不老

明月不老　长空不老

晨曦不老　晓露不老

烟雨不老　云霞不老

飞瀑不老　流泉不老

那我们的爱也不会老

随风飞扬的梦想

蒲公英
一朵朵黄色的小花
一把把绒绒的小伞
在田间地头
在无垠旷野
在河边屋檐
在林间山岗
你就这样悠然地绽放

春日融融
你的素洁　灵秀　清芬
犹如村口美丽的姑娘
一缕素色暖阳
在我的心头弥漫荡漾

花开绚烂
你的平凡　顽强　内敛
是否就是那一湖碧水
瞬间洗濯我们的心灵

让我们追逐却不介意荣光

清风徐来
你摇动着身躯
把自己的梦想寄予风儿吹到的地方
你不知道自己属于哪里
但你知道有阳光雨露的地方
就有生命的希望

拂晓　正午　薄暮
你不羡桃李，不慕芬芳
你飞过花季雨季的篇章
来年广袤的大地又是一片生机勃勃的模样

随风飞扬　落地而生
你以雪的洁白　云的姿态
柔软着这个世界
蝶儿翩跹，鸟鸣婉转
是它们在为你装点

小小的蒲公英
飞吧，尽情地飞吧
飘吧，肆意地飘吧
怀着梦想　迎着希望
在无悔的远方孕育新生的力量
你可知
你已为我的思念插上翅膀

鹿邑赞

一片古老的土地
几千年的风雨洗礼
把神奇赋予你,把厚重赋予了你
道家文化　传承天下
水的精髓,让你温良贤雅

一片美丽的土地
曾留下多少辉煌的印记
把灵秀赋予你,把风华赋予了你
五河环绕　美景如画
新颜焕发,让你未来更繁华

我美丽的家乡,我亲爱的土地
七台八景孕育着文化
涡河水流淌在我家
妈糊粥滋养着人们呀
民心工程处处传佳话

啊……啊……
和谐奋进的新鹿邑
你永远美丽,永远神奇
你的光芒永远璀璨,永远绚丽
永远璀璨……永远绚丽……

雪花的深情

2016年的雪花就这么来了,那份如约而至的喜悦里,还是会有惊奇和感动,我爱这片片雪花,爱这雪花的深情!

  一片片雪花轻轻地飘来
  在风雨侵袭后的那一刻
  那么轻　那么轻
  唯怕再次惊扰冬的梦

  一片片雪花柔柔地洒落
  在大地还没来得及闪躲的那一刻
  那么柔　那么柔
  唯怕深重的相拥也会有疼痛

  一片片雪花袅袅地轻舞
  在冬日几近荒凉萧索的那一刻
  那么美　那么美
  唯怕渲染不了这一季的生动

  一片片雪花静静地落下

在一切声响趋于停止的那一刻
那么静　那么静
唯怕一丁点儿的喧闹也会让生命背负沉重

一片片雪花
就这么轻吻着大地的每一个角落
不经意间
已是一片晶莹
再也找不回狂风暴雨的曾经

在相忆　再相聚

——鹿邑县文联2018第一届文学沙龙活动有感

初夏的微风
吹绿了那一川涡河
柳青水碧　草木葳蕤
细弱的雨
濡湿了升仙台边的青石板
古意盎然　静幽恬淡

馨香的五月
一个诗意的小城
迎来了诗意的你们

如果一朵花可以映照太阳的光芒
你就是那朵亭立的向阳花
如果一片雪花可以洁净一个世界
你就是下在人们心灵里的一场雪
如果一颗红豆可以缠绵一袭相思
你就是那飞落南国的鸿雁

缱绻着缕缕深情

面对面　心连心

灵与灵　情与情

诗与诗　境与境

你用你喷薄的才情

我用我醉诗的心声

他用他恳切的感动

彼此走近　彼此交融

为诗的原野注入新绿和葱茏

我们深情诵读

我们互慰诗心

我们定格画面

我们把盏言欢

人生可以记下最美丽的遇见

岁月可以沉淀最真实的情感

短暂的相聚　轻轻地别离

诗一样地来　诗一样地去

不言再见　不叹分离

只要心中有诗

还会在相忆中再次相聚

留 香

多么想

在你的心里下起雪

然后再透过阳光

照在我的梨花一样的衣服上

白闪闪，水晶晶，透亮亮

就像我们的爱情

洗却岁月尘

韶华暗留香

三行情诗

念 你

是你吗?
哦,是一缕清风
吹动了窗棂

恋上你

你的名字也有亮光吗?
闪亮在
我的每一个白天和黑夜

雨 季

如若
有雨的日子便有你
我唯愿从此只有雨季

错

爱上你
不是错
因为错过才是错

我的心

把你
从我的心里掏出来
我的心只剩下囊袋

郁金香

不知哪一天
你的微笑盛开在郁金香旁边
月色蔓延
映照你前世容颜

那漫天的云霞
是长风吹散的你的思念
无暇间
不知你是否寻觅最美的那一片

你来了
只因流年有梦
一世轮回飞越此生
千山万水送你行程

露珠点点
滴落在花瓣
清清浅浅的记忆
袭上心间

是你来得太晚
我只能回望你这一眼
来世　定要记着
我的枝叶是怎样舒展

定 格

衣柜里的衣服
增了又减
减了又添

去年
路旁小径的落红
今年抽枝展绿
又何曾遥想过去

翻阅一本书
书签不经意间掉落
那年林间透射的斜阳
是喜悦还是忧伤

曾经反复吟唱的那首歌
旋律飞扬　词句已伤
我挽舟而行
回首河水淙淙
瞬间过往竟已流淌

我的遗憾　我的怀想
我的避之不及　我的蓝色海洋
转眼已随时光融入暮色
在黎明呼唤中随晚风飞扬

夏日的午后　静坐窗台
看低飞蝉影　翠柳几多柔情
文字才能记录此时心境
定格为永恒

坐 垫

在遥远的荒野之中，
有一个小小的坐垫。
钢管做的支柱，
编织着它伊甸园中的梦；
黄色木板做的垫。
欣赏着自己所呈现的风景。

也许是好奇，
也许是为了欣赏它的美。
我走上前去，
坐到它的上面，
完全陶醉在这片风景中。

但当我不能自拔时，
坐垫却倒塌了，
再没有了昔日的风采，
也没有了那美好的梦想。

生命的誓言

今天的你们

白发苍苍

摘下用血汗擦亮的警徽和勋章

你们泪落两行

走过春夏秋冬、寒来暑往

你们无悔的忠诚在无上的荣光中闪亮

多少次,你们铿锵的脚步迈向滚滚征程

多少次,你们抛却家人的目光冲锋在缉拿逃犯的路上

多少次,你们在夜已入眠的大街上精神振作地执勤查岗

多少次,你们不惧血染身躯,命悬一线地保家卫国护民安康

你们不曾有过任何怨言

因为铮铮盾牌承载着你们矢志不移的信念

熠熠警徽是你们用生命捍卫的不变誓言

青春是一首澎湃的诗,你们只写出了忠诚

蓝色是一首深情的歌,你们只唱出了坚定

他们,是一群热血青年

和你们一样爱上了警徽的庄严,爱上了那抹藏蓝

一片丹心、一片赤诚,是他们给青春交上的答卷

就在今天

他们接下你们的重托

犹如接下三山五岳的厚重

黄河长江的奔腾

让心中的火焰燃亮前行的征程

让礼赞的长诗写满爱的生命

他们读懂了你们的心

浩然正气，刚正威严

利刃在握，惩恶扬善

勇猛果敢，风刀霜剑

侠骨柔情，琴心剑胆

热血铸就，大爱无言

神圣的使命，这一刻他们勇扛在肩

生命的誓言，将在他们挥舞的青春里更加绚烂

你的身影

每当看到你的身影
心中总会涌起一种无言的感动
你的威武、坚挺
让我看到了警徽的庄严和神圣
你不停变换的手势
让我看到了你对人民不变的忠诚

红黄绿是你最喜欢的色彩
小小的岗亭是你最大的舞台

烈日炎炎,暑气熏蒸
你的身影依然坚挺
当你的面部、颈部、手臂以及警服遮盖的部位
都浸出血红的汗浆 涌出块状的肿胀
你难道不知道身体的疼痛

雪虐风饕,天寒地冻
你的身影依然在抵御严寒的威猛
当厚厚的雪花遮盖了雪白的大檐帽

肌肤被风雪肆意侵袭
你严寒里,那一颗火热的心啊
又何尝为自己感动

在第一缕晨曦里
你的身影朦胧却温暖
指挥若定　井然有序
还有你
护送孩子们安全过马路的亲切笑容

在最后一抹晚霞里
你的身影色彩绚烂却异常坚定
在惩治违法司机的当头
把法律的威严演绎成神圣的使命

节庆日的家庭宴上
总是不见你的身影
孩子说
想要爸爸回家
妈妈却拿出照片说
爸爸是世上最帅的交通警察

年迈父母的病房里
总是不见你的身影
柔弱的妻子
擦拭着父母嘴角的饭渍
不停地安慰说
您把饭吃完,儿子就回来了

你的身影

伫立在大街上

是城市最美的风景

你的身影

凝聚在人们心中

是无私为民的赤诚

你的身影

印刻在那一枚小小的警徽里

是一个共产党员谱写人生信仰的坚定

今天

我要为你而歌

我永远也赞不完的交通警察

你的身影是百姓心中最温暖的憧憬

你的生命镌刻着大爱无疆的厚重

热血铸忠诚　铁警保平安

警徽闪闪，折射着忠诚信念
一身藏蓝，散发着正气威严
你是光荣的人民警察
你是忠诚铸就的热血青年
你是最具奉献精神的新时代典范

我不知道该怎样赞美你的伟大
只是……
没有你，哪有一方安宁
没有你，哪有日夜安然
没有你，哪有佳节团圆
没有你，哪有和谐平安

危难关头，你挺身而出
命悬一线，你勇猛果敢
巡逻执勤，你不分日夜
迷雾重重，你巧解悬疑
案件排查，你细中求细

努力到无能为力
拼搏到感动自己

还记得烈日炎炎、暑气熏蒸
你颈肩、手臂及裸露部位严重的晒伤
还记得缉拿逃犯
你不顾安危越栏而过的矫健勇猛
还记得大型庙会上
你帮助孩子找回家人时亲切的笑容
还记得安全排查网点
你细致入微的严谨表情

你用朝阳映黄昏
你用风雪送归人
你用坚定谱忠诚
你用热血写丹心
你用生命铸警魂

你也有梦
梦里载满全家欢快的笑声
而你醒来后依然离家出征
你也有情
父慈子孝，妻儿相行在你心里是那么生动
而你心里更多的是天下百姓

我无法不为你感动
你的一生只向往天下太平
你的世界只有百姓安宁
你用责任和担当捍卫祖国威严
你用浩然正气保家卫国护平安
你用热血铸就一生忠诚
你用大爱谱写生命的厚重

寄恩师

那一年
您刚刚毕业，拿起教鞭育英才
那一年
不够漂亮的您，成了我们对比邻班老师的话题
那一年
您用变得嘶哑的声音，一遍遍讲述同一个问题
那一年
您跑去每一个同学家里，送去温暖和笑意
那一年
您看着恶作剧的同学，哭得泪流满面
那一年
我们看着您的背影，慢慢远去
那一年
我们痛哭流涕，只因再也没有您的生息
您的爱从此种在了我们心里

每一个这样的节日
您的面容便更加清晰
如今，我成了您
您是我粉尘里辛苦的甜蜜
您是我红笔端头默默的赞许
您是我教坛生涯里挥不去的印记
殷殷之情寄恩师
拳拳之爱念恩情
岁月悠远　师恩难忘
年华易逝　师情绵长

文和心

（后记）

有人说，喜欢文字的人都有一颗不同的心，是的，对这点我一直坚信。因为在文字中驻足、栖息，可以洗却人们行程中的尘埃和杂质，修得一颗清净心、一颗柔软心、一颗善良心。

喜欢文字始于儿时，功课做得最好的就是语文，而有文学梦却是从中学时代起。于是，便从没有和文字分离过，哪怕事务繁忙，暂时搁笔，却不会忘记读书，心也会一直在文字里徜徉。

曾记得中学时代，舒婷的小本诗集，被我翻得皱皱巴巴；汪国真的《热爱生命》曾一度沸腾我的心；沈从文《边城》的主人公翠翠仿佛就在我身边；鲁迅《药》里的华老栓曾让我极度悲伤；夏洛蒂·勃朗特笔下简·爱的坚强激发了我向上的力量。还记得作文第一次被老师表扬时，自己偷偷地高兴了很久；还记得有一天我把自己的文章整理成一本厚厚的笔记拿给老师看时，老师赞赏的表情让我信心满满；还记得第一篇文章《神仙·老虎·狗》被刊登的时候开心得跑来跑去。

这本书即将出版之时，我的这颗心就像一下子有了着落，有了一个休憩的驿站和停泊的港湾。我近几年的心血都凝聚在了这里。在这里，可以找到我的思想、情感、记忆、梦想、行程，还有我的努力、执着、快乐、辛酸、无奈、昂扬以及对生命的感悟和求索，对爱的珍惜和感动，对未来的畅想和展望。在书里可以找到一个全然未知的我，我就在这里，从没有和文字分开过。

有朋友问过我，你的灵感是怎么来的？其实，写作的灵感来自一颗易感易知的心，而这颗心的获得，主要是需要阅读和行走。当你腹中有诗书，人生有阅历，何愁没有落笔的灵感，你的脑子被挤拥着，不去用笔释放都不行，这颗易感易知的心，无形中就行成了。社会生活，山河岁月，青春友爱，人生取舍都会成为你笔下写不尽的素材。文和心，又是那样地相融在一起，不可分割。

在写作过程中，我也经常会有困惑，但很少是因为选题。有时候，有好多想写的，但是就是不知如何去表达，也许是总希望寻找一种最好的表达方式，思来想去，总觉不好，所以迟迟下不了笔。一次次困惑，让自己咬着牙度过，不管如何，写出来再说，结果动起来总会是有所收获，总会是令人愉悦的，在得到大家认可的时候，在困惑中也成长了很多。此书也是在困惑中所得，所以，我感谢困惑。

有一段时间，我工作之余，几乎所有的时间都用于写作，种种别的兴趣爱好都抛却了，是很辛苦，也放弃了很多，付出了很多，但心里的踏实感无可言喻，这种心灵的富庶，不是别的什么可以取代的。那种创作的激情，是心灵与情感的一种碰撞与触发，是生命与爱的一种相通与相融。文字就是心灵的一种抵达，在这个行程中，我们越发懂得了真善美的意义和价值，也越发懂得了一颗真实、素朴的心是我们人生的回归，我们的世界本就无须雕琢，只是眼和心有时偏离了轨迹。

生命里，谁不是在欢乐和悲伤中度过，当我们回首往事，那挂着晶莹泪滴的过往，早已经被岁月风干，而幻化为向上的力量和勇气。我们终是明白了，为什么总有那么多人有恋旧情结，愿意回忆匆匆往事，因为往事丰盈了我们的生命，那曾构成我们生命的片段，都是岁月的一种馈赠，其实它早已在时光中留下缕缕暗香。故此，我将本书命名为《时光知味　岁月留香》，这份来自生命的原香，我会把它认真地珍藏在心里，珍藏在书页上。

一本书，就是一位作家一段时间的成长历程，读作品也即读作家。这本书所收录的我的每篇作品，都是一定时间内一直萦绕我心的最真实情感的抒发和表达，没有半点的牵强和刻意，完全自然地流露，不矫揉做作，不虚词诡说，不夸张蓄势，不描述提升，把生活和真情藏在里面，让读者自己去体会一个真实的我，去感受只有真实才能赋予作品以"真正的价值"，不管当下如何，无愧于内心，无愧于读者，才是我的追求和一直遵循的写作原则。

比如，我写《婆婆的年》，从刚刚进入婆家门，就对婆婆的辛苦操劳看在眼里，藏在心里，尤其是过年时，婆婆为了家人的幸福，而周到周全，默默付出，无怨无悔，我更是感动于心。面对婆婆的年，从不知疲惫的婆婆身上我看到了中国千千万万个劳动妇女的缩影，"她们或许说不清楚自己要的是什么，没有思考过生命意味着什么，也不知道还有别的更新鲜的过年方式，但她们知道全家人一起过年的团圆和温暖是多么重要""我想，也许就是这一个个忙碌的母亲身影，一双双母亲向我们眺望的眼睛，牵动着我们的思乡情，世世代代，永永远远……"我的感情在慢慢地升腾，当再也无法控制，便诉诸笔端，用文字去传达内心的语言，把情感寄托于字里行间。此时，文字便成了爱的载体，爱也因文字而换一种方式依存。生命中的爱和真情，就如同溪水潺潺流过，月儿弯了又圆，风吹动流云，自然的无以形容。爱本自然，情本简单，成文亦自然，文和心便永远相连。

我写回忆性文章时，很多记忆都是从不曾在心里离开过的，像《母爱温暖的岁月》《忆姑父》《叔父的信》《温暖的红裙子》《潜藏的家风》《饺子的回忆》等文章，都是不得不写，无法不写的心里话，所以我从没想过要如何才能写好这些文章，我只是想着和读者共同回忆一起成长的岁月，抑或让没有经历过那段岁月的读者感受我生活的那个年代，这样的情感共鸣才是我内心深处最需要的，不是为写而写也一直是我最欣赏自己的一点。我爱我的亲人、朋友、爱人，我爱我的父老乡亲，他们在我的记忆里永远不会老去，甚至像一棵棵生命力旺盛的树，越来越葱茏繁茂，越来越挺拔坚韧。那些旧时光里的老故事，是我心灵深处的回音，犹如激荡在空旷的山谷和幽深的丛林般余音绕梁，让我重新找回生命的原乡，在最初的感动里与爱邂逅，与灵魂相依。

海子说："从明天起，做一个幸福的人，喂马，劈柴，周游世界。从明天起，关心粮食和蔬菜，我有一所房子，面朝大海，春暖花开。"他该有怎样的一颗渴望远离尘嚣，企图摆脱尘世的羁绊与牵累的心，才能写出如此轻松欢快，令世人垂青的诗句来。他是一位用心灵歌唱着的诗人，让我们在尘世里寻得精神的皈依。智利当代著名诗人聂鲁达写道："我喜欢你是寂静的，仿佛你消失了一样。你从远处聆听我，我的声音却无法触及你。好像你的双眼已经飞离远去，如同一个吻，封缄了你的嘴。"他何以写出如此叩击心弦的爱情诗，几乎成为情诗的代名词，正如他所说："义务和爱情，是我的两只翅膀。"他的爱情让他无论遭遇再深的苦难，也能在生命中保留一份纯洁的希望与幻想。他为心中的缪斯女神写尽优美断肠的诗句，只因他的诗中有心，心中有诗。流传至今的作品，皆是作家诗人用心灵与世界的对话，没有心，何以有文？

我的诸多作品都以节奏明快，主题向上为主，我所希望带给读者的是积极勃发的力量和无畏的勇气，且让读者感受到生活的幸福和美好，珍惜现在，珍重未来。但曾有一段时间我的生活处于低迷状态，郁闷压抑，悲伤难耐，我的文中怎么也没有了往常的阳光和明媚，我试图回转，但却不得不遵从内心，因为手中的笔根本无法控制，它只和心同悲伤同欢笑。

文学一直被我视作我的第二个生命，它就是我心中的图腾，它是神圣的，伟大的，我从来都是用一颗不染尘俗的心去走进它，去敬仰它。我曾不止一次地问自己，如果有一天我再也写不出一个字来，我该怎样去面对自己的心，哦，我还有心吗？我坚信这个担心会是多余的，因为我的心将一直在文学的道路上追逐，行进，求索，永不停息，永远向前。

此书即将出版之际，心中有万语千言，仅化为一句感谢。感谢文联王亚飞主席为文艺创作者提供创作平台，感谢著名军旅作家叶建民老师百忙之中为我精心作序，感谢文学路上一直指引我的作协侯钦民主席，激励我的作协候俊昌副主席，感谢焦辉老师为此书出版做的辛勤工作，感谢诸多文友对我的支持和鼓励，感谢我的爱人对我的理解和帮助，需要感谢的人太多，在这里我不再一一谢过，我心里都会永远记得。此书算为自己近年心血作结，自我安慰之余，更能激励自己的创作。因水平有限，还望读者朋友多多指正，疏漏之处，请多多包涵。